BUNT & VIELFÄLTIG …

… wie das Leben

Textfabrique51 (Hg.)

BUNT & VIELFÄLTIG ...

... wie das Leben

Kurzprosa & Lyrik
von der
KUNSTGRIFF-Lesebühne

elbaol verlag hamburg

Impressum

© 2024 bei den Autorinnen und Autoren
Coverdesign: Ellen Balsewitsch-Oldach

Verlagslabel:
elbaol verlag hamburg
ellen balsewitsch-oldach, Meldorf
www.elbaol-verlag-hamburg.de

Druck und Distribution:
tredition GmbH, Heinz-Beusen-Stieg 5, 22926 Ahrensburg,
Deutschland

im Auftrag des elbaol verlag hamburg und der Autorinnen
und Autoren

ISBN 978-3-384-15300-5
EUR 12,00

Inhalt

Vorwort

Auch 2023 hat es eine KUNSTGRIFF-Lesebühne gegeben, und wieder hat sich das Literatur- und Kulturnetzwerk Textfabrique51 entschlossen, die eingereichten Texte in einer Anthologie zu sammeln, diesmal allerdings erst *nach* dem Leseabend im Rahmen des Dithmarscher Kulturfestivals im September 2023.

Eine weitere Neuerung dabei war außerdem, dass die Anthologie nicht nur für Teilnehmende an der Offenen Lesebühne Meldorf ausgeschrieben worden war, sondern für alle, die jemals auf einer der Offenen Bühnen der Textfabrique51 aufgetreten sind (zeitweise waren dies vier regelmäßig stattfindende Veranstaltungen im Monat: Offene Lesebühne Hamburg-West, Offene Lesebühne Meldorf, Offene Lesebühne Eiderstedt und Offene Kulturlounge Friedrichskoog).

Beteiligte Autorinnen und Autoren, die am Tage der KUNSTGRIFF-Lesung nicht auf der Bühne stehen konnten, haben übrigens im November im Rahmen der „Herbstlesung in Langenfelde" bei der Baugenossenschaft Hamburger Wohnen, einer langjährigen Kooperationspartnerin der Textfabrique51, ihre Beiträge lesen können.

Alle Besucherinnen und Besucher der beiden Veranstaltungen, die sich gern an die gelesenen Geschichten und Gedichte erinnern, haben jetzt die Gelegenheit, diese (und noch mehr) „schwarz auf weiß nach Hause zu tragen". Gäste, die an keinem der beiden Tage dabei sein konnten, können sich mit diesem Buch nun davon überzeugen, wie farbig ein Querschnitt durch die zeitgenössische Literatur sein kann. Eine Farbigkeit, der die diesjährige Veröffentlichung übrigens ihren Titel verdankt: „Bunt und vielfältig … wie das Leben".

Auch in diesem Jahr sind die Beiträge der Autorinnen und Autoren bewusst nicht juriert worden, nur ein behutsames Korrektorat und Lektorat haben sie, wo sinnvoll, erfahren. Ansonsten stehen sie für sich, so wie die Verfasserinnen und Verfasser mit ihnen auf der Bühne gestanden haben oder hätten.

Übrigens: Von einer kleinen unabhängigen, spontan aus dem Publikum zusammengestellten Jury wurde auf der KUNSTGRIFF-Lesebühne der an diesem Abend beliebteste Text gewählt. Es war „Nachkriegskind oder Vorkriegskind?" von Irmela Mukurarinda. Die Autorin erhielt als Preis eine kleine Trophäe: einen Kaffeebecher mit dem „Meldorfer Literatur-Schaf", einer von Ellen Balsewitsch-Oldach entworfenen Comic-Figur.

Inzwischen sieht die Textfabrique51 mit Spannung bereits der nächsten KUNSTGRIFF-Lesebühne entgegen – diesmal unter dem Motto: „Ich hab da eine Idee …".

Im Februar 2024   *Ellen Balsewitsch-Oldach*
                              Dirk-Uwe Becker

Ellen Balsewitsch-Oldach

Zwei Miniaturen

Zeit und Erinnerung

*Grünzeug für das Frühstück schneiden: rote To-
maten, dunkelgrüne Gurke, hellgrünen Salat, rot-
weiße Radieschen, cremefarbenen Kohlrabi, oran-
gefarbene Möhren ...*

Gurken, Radieschen, Möhren im Garten meiner
Jugend. Zwölf Jahre altes Stadtkind, plötzlich an
den Wochenenden mit den Eltern in einer Dach-
wohnung auf dem Dorf. Nach dem Frühstück so
schnell wie möglich die knarrende, nach Bohner-
wachs duftende Holztreppe hinunter, den festge-
fahrenen Kiesweg entlang, an der Streugutkiste
rechts ab über die Wiese. Ein Stück Land gehörte
zu unserer Wohnung – darauf seit Generationen
einige Reihen Erdbeeren. Möhren, Gurken und
Radieschen hatten Mutter und ich selbst eingesät.
Die Gurken hingen grün, krumm und warzig wie
kleine Kröten inmitten gefiederter Blätter und ge-
rollter Tentakel an ihrem Gestänge. Von den Radieschen und Möhren schaute nur das saftige
Grün aus dem Boden. Ich zog einige Mohrrüben
am Kraut heraus. Schwarze, satte Erde haftete in
fetter Krume an den orangefarbenen Leibern. Das
Gras am Rande des Beetes war noch nass vom Tau.
Rasch die Wurzeln darauf abgestreift und in die

erste zarte Spitze gebissen. Ich genoss noch die frische Süße des jungen Gemüses, da knirschte der Kies – und *er* kam den Weg entlang.

Meine Erinnerung wandert fort von Erdbeeren, Möhren, Gurken und Radieschen, hin zu sonnigen Feldwegen mit wogendem Gras zwischen den Fahrspuren der Trecker, zu Gattern aus roh zusammengezimmerten Baumstämmen, die es zu überklettern galt, zu verschwiegenen Wiesen hinter schützenden Knicks, zu stundenlangen regungslosen Umarmungen, zu leidenschaftlichen und dennoch unschuldigen Küssen … und immer schien die Sonne.

Die Tomaten unter meinem Messer sind rot und prall …

… aber mit denen meiner Freunde können sie nicht mithalten – Tomaten, die noch vor ein paar Jahren an der Südwand ihres kleinen Holzhauses gewachsen waren, gestützt von Bambusstangen, geschützt von einem Gewächshaus aus Folie. „Schwer, sie reif zu kriegen", meinte Manfred, „der ewige Wind hier." Aber zum Frühstück *gab* es Tomaten, rot und saftig, nachgereift auf der Fensterbank, erschreckend aromatisch, fast ein wenig harzig. Ich wusste, dass wir nach dem Frühstück auf den Wochenmarkt fahren würden, ein wenig zwischen den Ständen herumbummeln, Fisch, Gemüse und Kartoffeln kaufen, in Ingrids und Manfreds Lieblingslokal einen Kaffee oder ein

Bier trinken. Dann ginge es entweder zurück ins Wochenendhaus oder Manfred entführte uns noch an irgendeinen besonderen Ort, in ein Dorf mit einer alten Kirche und einem verwunschenen Friedhof oder an den breiten Kanal, große Schiffe bestaunen, die vor Sonntag noch schnell ihr Ziel erreichen wollten. Der Nachmittag würde dem Ausruhen gehören, einem gemütlichen Kaffeetrinken mit Schmalzgebäck vom Bäcker aus dem nächsten Dorf, draußen auf der Veranda. Oder einem geruhsamen Spaziergang auf dem Deich, den kleinen Fluss entlang, wo im Schilf Manfreds Motorboot lag, eine Nussschale, mit der wir vielleicht am Sonntagvormittag zum Fährhaus am anderen Ufer zum Frühschoppen tuckern würden. Heute am frühen Abend würde Ingrid Manfred bitten, die Sektflasche zu öffnen – beim Kochen wollten wir Frauen keinesfalls trockenfallen. Später gäbe es den Fisch, auf Gemüse und Kartoffeln in einer großen Pfanne gedünstet, gewürzt mit Kräutern aus dem Garten, einen Weißwein dazu – und glückliche Zufriedenheit im Herzen.

Salat und Kohlrabi – der Strahl aus dem Wasserhahn befreit die Salatblätter von letzten Sandkörnern. Das Messer schneidet hauchfeine Scheiben von der geschälten Kohlrabiknolle.

In etwa einer Viertelstunde werden wir frühstücken, mein Herzensgefährte und ich. Köstliche Gegenwart. Wie auch immer unser heutiger Tag aussehen möge, morgen wird er Erinnerung sein, wie schon viele unserer gemeinsamen Tage und wie so viele meiner ganz eigenen Erlebnisse, über die viel Zeit hinweggegangen ist, die Vergangenheit geworden, nicht mehr wirklich sind, aber noch *nach*wirken ...

Die Zeit, die das, was gerade ist, so unvergänglich erscheinen und doch einfach alles so unwiederbringlich vergehen lässt, ist wohl die größte Gauklerin ... Oder ist es am Ende die Erinnerung, die einem vorspiegelt, dass man nur um die nächste Ecke gehen müsse, um alles unverändert wiederzufinden?

Resedagrün

Lena war spät dran, Marianne wartete schon im Café. Atemlos ließ sich Lena auf den Platz am Tisch ihrer Freundin fallen.

„Sorry, mir ist der Bus vor der Nase weggefahren“, entschuldigte sie sich.

„Kein Problem“, antwortete Marianne und musterte Lena eingehend. „Sag mal, du wirkst etwas mitgenommen – ist alles in Ordnung?“

„Wieso?“, fragte Lena zurück.

„Na ja – du siehst etwas müde und blass aus, ja, irgendwie nackt …“

Lena lachte und meinte mit einem Anflug von Stolz: „Ach, *das* meinst du! Ich bin nicht geschminkt, kein bisschen, nicht mal Puder, Wimperntusche und Lipgloss.“

„Ja, dann liegt es daran. Ist komplett ungewohnt. Hattest du keine Zeit mehr fürs Make-up?“

„Nein, daran liegt es nicht – ich brauch das alles nicht mehr! Als Frau sollte man doch akzeptiert und respektiert werden, wie man ist – ohne all das Schickimicki, eben ganz natürlich!“

Marianne staunte. „Was ist denn in *dich* gefahren? Beim letzten Mal hast du dich noch so über deinen neuen Kajalstift gefreut – ‚Resedagrün, perfekt zu meinem Pullover und dem passenden Schal!‘ Du hast regelrecht geschwärmt. Und stimmte ja auch, du sahst einfach toll aus. Da waren *einige* Männer, die sich nach dir umgedreht haben!“

„Das mag ja sein, aber …“ Geheimnisvoll senkte Lena die Stimme. „Du bist die erste, der ich es erzähle: Ich habe einen neuen Freund – und der will mich so, wie ich bin – ungeschminkt und ganz natürlich! Ein völlig neues Gefühl der Freiheit, sag ich dir! Neulich war er sogar ein bisschen ungehalten, als ich in Gedanken mal wieder roten Lipgloss benutzt hatte.“ Verträumt blickte Lena zur Decke.

„Aha“, bemerkte Marianne trocken. Sie persönlich hielt es ja für eine größere Freiheit, sich freiwillig zu schminken (oder eben auch nicht), als sich von einem Freund Make-up praktisch verbieten zu lassen. Aber darauf würde sie jetzt wohl besser nicht weiter eingehen.

Lena schüttelte Mariannes Arm. „Hej – bist du meine Freundin oder nicht? Freu dich doch mal eine bisschen für mich!“

„Tu ich doch, du Doofe!“, lachte Marianne und drückte Lenas Hand. Lena blickte auf ihre Armbanduhr. „Oh, Marianne, bitte entschuldige, wenn ich dich jetzt auf der Stelle hier sitzen lasse! Konrad hat gerade Feierabend und sein Büro ist im Haus gleich nebenan. Ich möchte ihn so gern damit überraschen, dass ich ihn abhole!“

„Ja, ja – lauf du nur“, grinste Marianne kopfschüttelnd ihrer Freundin hinterher, die schon aufgesprungen und zum Ausgang gerannt war.

Lena betrat den Flur des Firmengebäudes. Es war ziemlich dunkel dort. War das die Nachtbeleuchtung? Jedenfalls hatten die meisten Kollegen offenbar schon Feierabend gemacht. Und wo war eigentlich Konrads Büro? Aus einer der Türen im Flur fiel ein heller Lichtschein. Stimmen waren zu hören. Behutsam näherte sich Lena dem Raum. Sie spähte durch die halb offene Tür und konnte zwei Personen erkennen – auf dem Tisch neben dem Firmenkopierer, kaum noch bekleidet, in enger Umarmung und in heftiger Bewegung. Der Mann stöhnte: „Du bist so ein verdammt heißes Weib!" Der Mann war Konrad. Die Frau kannte Lena nicht. Aber die Farbe des Lidschattens auf den ekstatisch geschlossenen Augen der Frau kannte sie: Resedagrün. Ihr leidenschaftlich geöffneter Mund schimmerte, wie Lena unwillkürlich registrierte, im Farbton „Wilde Beeren".

Lena unterdrückte einen Aufschrei und schlich zurück zum Ausgang. Das Gesehene musste sie erst mal ganz für sich allein verdauen, für spontane Szenen war sie einfach nicht der Mensch. Aber in ihr brodelte es. Dieser Heuchler sollte ihr nochmal unter die Augen kommen! Mord? Kastration? Auf alle Fälle eine eiskalte Abfuhr – in voller Kriegsbemalung, versteht sich, nur ohne resedagrünen Kajal. Denn genau das war sie diesem Verräter und seiner verlogenen Philosophie in keiner Hinsicht mehr: GRÜN!

Dirk-Uwe Becker

Regenbogenband

Sein Blick fiel aus dem Fenster in den Vorgarten und erinnerte ihn an etwas. Unbestimmt. Noch. Wie ein Wasserfall, der langsam schwächer wird und die Konturen der Felswand dahinter durchschimmern lässt. Der Regen hatte nachgelassen. Von den Blättern der Bäume rollten glänzende Kugeln, flügellos, in den Abgrund. Alles schien mit einer glänzenden, reflektierenden Schicht überzogen, als hätten sich die Arbeiter der nahen Fabrik daran gemacht, die Schönheit der Natur mit ihren langen Glaspfeifen für alle Zeit einzufangen. Der hohe, gemauerte Schornstein gebar jede Minute eine kleine, graue Wolke, die sich zu ihren Schwestern und Brüdern am Himmel gesellte. Helios schirrte die bereits unruhig stampfenden Pferde an und bestieg den Sonnenwagen. Wassertropfen reflektierten den Glanz des Gespannes, als wären aus den Tränen der Regentrude plötzlich Diamanten geworden. Es könnte doch ein schöner Tag werden, dachte er und wandte sich seiner Arbeit zu.

Was hinterlässt man Kindern, die man nicht gehabt und einer Familie, die es nie gegeben hat? Sein Tod wäre ein kurzer Windstoß im Blätterdach der Bäume, nichts, das man wirklich wahrnimmt, um stehenzubleiben und darüber nachzudenken. Erinnerungen sind an die Persönlichkeit gebunden.

Wenn man sie niemandem erzählt hat und sie nie gehört wurden, verblassen sie wie verdampfende Wassertropfen auf glühender Erde. Er wollte etwas zurücklassen, wenn er sie verließ, diese Erde. Etwas, an das man sich – vielleicht – erinnern würde, weil es nicht alltäglich war. Er spannte den ersten Faden ein. Grün. Damit begann sein Leben. Mit der Hoffnung. Ein dünner rosaroter Faden gesellte sich hinzu. In seiner Jugend war er körperlich immer etwas schwach gewesen. Ein dankbares Opfer für die Straßengangs, bei denen schon Zehnjährige ihre Klappmesser offen in der Hand flattern ließen. Aber er lernte zu überleben. Ein orangefarbener Faden, dicker. Sein Vater war gradlinig und konservativ eingestellt, im Gegensatz zu seiner eher links-liberalen Mutter, die ausgleichend wirkte, wenn Vater und Sohn sich in politischen Ansichten überwarfen. Starker grauer Faden, gefolgt von einem ebenso starken blauen. Auf seine Eltern ließ er nichts kommen. Sie verhalfen ihm trotz ihrer Armut zu einer guten Schulbildung und einem anständigen Beruf. Weiß. Sein weiterer Lebensweg verlief unspektakulär. Er hatte gelernt, sich nicht unterkriegen zu lassen. Selbstbestimmt und offen für alles durchs Leben zu gehen. Braune Fäden in verschiedenen Stärken, immer wieder von einem gelben Faden unterbrochen. Er liebte seinen Beruf, auch wenn es gerade zum Überleben reichte. Seine körperliche Statur und der geringe Verdienst hinderten ihn daran, eine Frau zu finden und eine Familie zu gründen. Gerne hätte er einen schwarzen Faden eingezogen, doch es blieb beim Grau, wie beim Vater. Nur ein einziges Mal ergab sich die Gelegenheit, ein Mädchen zu treffen, das ihn ins Café einlud, ins Theater, mit dem er über seine Hoffnungen, Wünsche und Visionen reden konnte, ohne gleich ausgelacht zu werden. Doch Krankheit macht weder vor den Reichen noch vor der Liebe Halt. Sie starb einige Monate nach ihrem Kennenlernen an einem Tumor. Ein ehemals schwarzer Faden mit violettem Einschlag, der ins Rot changierte und sich dann auflöste. Genau wie seine Lebensplanung. Sie fiel ins Weiß-Grau seiner fadenscheinigen Zukunft zurück. Nur seine Hände webten weiter.

Der Übergang von der Trostlosigkeit des Morgens in einen sonnenhell beleuchteten Tag, in dem sich Wassernebel vom Boden erhob und Mückenschwärme umeinander tanzten, während aus den Glaspfeifen vor dem Glutofen immer noch glänzende Tropfen zwischen lebenshungriger Vegetation verschwanden, hätten ihn eigentlich hoffnungsfroher stimmen müssen. Grün, gelb und violett waren die letzten Fäden, die sich seinen webenden Händen zu einem bunten Band entwanden. Sein Blick fiel auf das Ende. Den Abschluss bildete ein Knoten, in dem sich alles gemeinsam verband, in dem sein Leben und jede Farbe ihren Platz gefunden hatten. Nachdenklich betrachtete er sein Meisterstück. Dann stieg er auf einen Stuhl in der Mitte des Raumes und knüpfte es an den Deckenhaken. Stabil genug würde es sein. So wie er stabil und aufrecht durchs Leben gegangen war, das sich nun dem Ende näherte. Ein letzter Blick zum Haken und auf das Regenbogenband, das in der Zugluft leicht schwingend, in einer Schlinge auslief. Wie das Leben, das sich hierhin und dorthin windet und die Farben wechselt, am Ende aber doch wieder am Ursprung ankommt. Probehalber steckte er den Kopf hinein.

Die Sonne hatte sich zu einem dunkelroten Band über den Horizont gezogen. Von der Terrasse aus konnte er den Haken sehen, an dem sein Lebensband hing. Die Schlaufe war in leichter Bewegung, als versuchte sie, seine restlichen Tage einzufangen. Sinnlos. Er beschränkte sich jetzt darauf, bei zunehmender Dunkelheit im Garten zu sitzen und im Silberlicht des Mondes den Nachtjägern zuzusehen, wie sie ihre Bahnen webten. Schwarz in Grautönen.

Dirk-Uwe Becker

An einem stillen Herbstabend ...

... sitzt ein Mann in einem verschlissenen Kittel auf einer Bank unter einem alten Olivenbaum. Der Mond hat Silberfäden über die Landschaft gelegt, der Nachteule ein weißes Gewand übergeworfen und die Bank mit leuchtenden Arabesken überzogen. Es ist gut so, wie es ist, denkt der Mann und lässt seinen krummen, alten Rücken mit den Arabesken verschmelzen. Sein Tagewerk ist vollendet. Die letzten Besucher haben sich in ihre unterirdischen Reiche oder ihre astfernen Schlafplätze nahe dem Himmel zurückgezogen. Nun kann auch er endlich Ruhe finden, die Augen schließen und – gehen.

„Opa, die Bäume haben ja gar keine Blätter mehr!" Die Stimme eines Mädchens drang an sein schlafendes Ohr. „Was?" Er richtete sich mühsam aus dem Stuhl vor der Staffelei auf, vor der er eingeschlafen sein musste. „Die Bäume", das Mädchen drehte sich im Kreis und zeigte dabei in die Landschaft. „Die Äste an den Bäumen sind kahl. Keine Blätter. Das ist nicht schön!" Nein, dachte der alte Mann, hob einen Pinsel vom Boden auf und stellte ihn in den Farbtopf zurück. Das ist nicht schön. Und das gehört sich auch nicht. Nicht jetzt, zu dieser Jahreszeit. „Weißt du, Claire", sagte er zu seiner Enkelin, „der Sommer war lang, heiß und trocken. Die Bäume, die Tiere, die Landschaft haben alle unter dieser Dürre gelitten, wir Menschen auch." Claire lief in die Küche und kam mit einem Glas Wasser zurück.

„Hier, Opa, damit du nicht mehr gelitten sein musst." Der alte Mann lächelte. „Danke, Claire, aber mir geht es noch gut. Ich kann mir Wasser aus dem Supermarkt besorgen, aber die anderen hier, die Bäume, Tiere und Pflanzen, die müssen mit dem leben, was die Erde ihnen bietet." Er beugte sich zu dem Mädchen hinunter. „Siehst du diese tiefen Risse im Boden, Clairchen?" Das Mädchen nickte. „Die Haut der Erde beginnt zu schrumpfen und sich zusammenzuziehen. Sie reißt auf, wenn niemand sie pflegt."

Das Mädchen begann, auf dem rissigen Boden herumzuhüpfen. „Dann pfleg du sie doch, Opa!" Wenn ich das nur könnte, dachte der Alte. Er hatte es versucht. Er hatte Briefe geschrieben. Er hatte mit Politikern gesprochen. Er hatte Vorträge an Schulen und Universitäten gehalten. Er wurde sogar einmal in eine Talkshow eingeladen. Nach seinem Auftritt aber nicht wieder. Zu verstörend, hatte ihm die Sendeanstalt mitgeteilt. Auch die Zeitungen hatten ihm keinen Platz mehr eingeräumt. Katastrophenszenarien gebe es genügend in den Nachrichten, da sei er nicht mehr erforderlich.

„Kannst du denn nichts machen, Opa? Du bist doch Künstler!" Seine kleine Enkelin klang verzweifelt. Das gab ihm einen tiefen Stich ins Herz. Gerade die Kleinsten, sagte er zu sich selbst. Die Wehrlosen.

„Bitte, Opa! Male den kahlen Ästen an den Bäumen neue Blätter an. Bitte, Opa!"

Der alte Mann erhob sich mühsam von seinem Stuhl. Zu lange schon hatte er nur dagesessen. Nichts getan. Nachgedacht und nichts getan. Es war an der Zeit zu agieren und nicht immer nur zu reagieren. Er ging in die Waschküche, wusch sorgfältig seine Pinsel aus, holte sich ein Glas mit frischem Wasser und nahm die Malpalette in die Hand. „Was soll ich denn malen, Claire?" Die Kleine hüpfte aufgeregt um ihn herum. „Alles, Opa! Alles, was dir einfällt und die Bäume fröhlich macht." Da begann der alte Mann mit dem ersten Blatt. Sein Pinsel hauchte ihm Farbe ein. Etwas Grün. Etwas Gelb. Etwas Rot. Schlag auf Schlag folgte bald ein Blatt dem anderen. Er malte wie besessen. Ohne Pause. Seine Enkelin stand neben ihm und staunte. So hatte sie ihren Großvater noch nie malen gesehen. Jedes Blatt, das er fallenließ, bevor er sich einem neuen widmete, sammelte das Mädchen auf und lief zu irgendeinem kahlen Ast, um es dort anzubinden. Der Hain mit den alten Bäumen, die sich wie mahnende Hände kahl und knöchern in den Himmel streckten, wurde mit jedem Pinselstrich, mit jedem Lauf des Mädchens, bunter und bunter.

„Mehr, Opa! Mehr!", schrie das Mädchen, wenn es nach Luft hechelnd zurückgelaufen kam. „Da sind noch so viele!"
Die Sonne hatte ihre Glutbahn über die Landschaft gezogen und bereitete sich auf die Nacht vor. Der Mond würde sie ablösen, etwas Kühlung verschaffen.
„Wir haben es gleich geschafft, Opa!", drang die Stimme weit weg aus dem Hain an das Ohr des Alten. Ein letzter Pinselstrich. Das Blatt, noch nass, fiel zu Boden. Der Pinsel entglitt seiner Hand. Er lehnte sich zurück. Hatte es gereicht? Er wusste es nicht. Das Mädchen, seine Claire, würde es ihm bestimmt sagen können. Jetzt war er müde. Ausgelaugt. Wie der Boden. Kein Wasser in der Nähe. Nur der Maltopf. Egal, dachte er, langte zum Gefäß hinunter und setzte es an seine Lippen. Das war mehr, als man den Tieren und Pflanzen gönnte. Er faltete die Hände in seinem Schoß. Vielleicht würde auf seinem Grabstein stehen: Sepp Témber, Kunstmaler, der den Bäumen ihr buntes Kleid wiedergegeben hat, im Herbst nach einem Sommer, als die Erde aufbrach und selbst der kühle Glanz des Mondes keine Linderung brachte.
Das gefiel ihm.

Monika Buttler

Haiku-Gedichte

FRÜHLING
Der gelbe Gruß der
Forsythien – leuchtend
auch dieses Jahr.

Samtige Luft
umtänzelt mein Haar.
Aufbruch – wohin?

SOMMER
Mittagsglut. In der
schläfrigen Ruhe
entschwindet die Zeit.

Die hohen Sterne des
Südens. Hände
auf meiner heißen Haut.

HERBST
Trübe Tage.
Das Licht versteckt sich
im Himmelsgrau.

Die Treibjagd
der bunten Blätter –
Herbstmelodie.

WINTER
Kälte versteinert
die Ackererde.
Krähen fliegen auf.

Leiser Flockenfall.
Der Garten schläft tief
im Winterweiß.

BEGINN
Januar. Das neue Jahr
ein leeres Papier.
Schwer schreibt der Stift.

ABSCHIED
Dein Mantel neben
der Tür. Noch immer
Spur deines Lebens.

VERGÄNGLICHKEIT
Ein Gemälde mit Rosen.
Du gingst fort, die
Blumen blühen weiter.

LIEBE
Ein Kuss. Und ein Kuss,
und ein Kuss.
Uns trennt nur der Traum.

Sonja Dohrmann

Die Wette

Die Stimmung in der Küche ist auf dem Nullpunkt, obwohl das Mittagessen lecker geschmeckt hat und nun aus dem Radio tolle Musik ertönt. Allerdings hat nur die Mutter miese Laune. Sie spült ab, während Flora fröhlich abtrocknet.
„Diese blöde Wette", ärgert sich die Mutter, „warum habe ich mich bloß darauf eingelassen?"
Der Vater schmunzelt schadenfroh und sagt:
„Du hast verloren, also musst du einlösen, was du vorher versprochen hast."
Die Mutter sieht aus, als würde sie gleich in die Luft gehen. Sie rennt zum Flur hinaus und knallt die Tür hinter sich zu. Dort hört man ihr Gebrüll:
„Ich lasse mich nicht verunstalten. Ihr könnt mich nicht dazu zwingen, das ist Körperverletzung. Ihr spinnt doch!"
Flora sieht ihren Vater an, beide müssen grinsen. Das ist nicht nett, aber: Wettschulden sind Ehrenschulden! Die muss man begleichen. Auch wenn es kein Gesetz dazu gibt. Und Renate hat die Wette verloren und muss sich nun tätowieren lassen. Flora wischt noch den Tisch und die Spüle ab und geht dann in ihr Zimmer. Vater Andreas will seinen Mittagsschlaf halten, es ist schließlich Sonntag. Er geht ins Wohnzimmer und legt sich auf das Sofa. Renate ist nirgendwo zu sehen, ist wahrscheinlich beleidigt. Flora legt sich angezogen auf

das Bett, sie döst und überlegt, wie es vor gut vier Monaten eigentlich zu dieser Wette gekommen war, und erinnert sich: Ende Mai war sie an einem für diese Jahreszeit sehr heißen Tag mit zwei Freundinnen ins Freibad gegangen. Viele Menschen hatten die gleiche Idee gehabt und so gab es für die Mädels viele Badegäste zu beobachten. Das war lustig und interessant. Die Menschen waren ja so unterschiedlich: hell- und dunkelhäutig, dick und dünn, groß und klein, blond und braun, alt und jung. Damals meinte Flora: „Stellt euch mal vor, wie langweilig es wäre, wenn alle gleich aussehen würden. Toll, wie unterschiedlich die Natur uns gemacht hat.“
Die Freundinnen stimmten ihr zu. In der Nähe lag eine Frau auf einer Decke. Sie trug einen roten Bikini, ihr Bauch war kugelrund und prall. Das sah richtig schön aus. Die Frau war schwanger. Daneben hatte es sich ein Ehepaar gemütlich gemacht. Die zwei hatten ganz faltige Haut und sahen wie uralte Indigene aus Amerika aus. Nachdem die Frau ihren Mann mit Sonnencreme eingerieben hatte, streichelte sie weiterhin zärtlich seinen Rücken. Die hatten sich anscheinend immer noch lieb. Daneben saßen junge Männer, zwei mit Glatze und einer mit langen Haaren, die zu einem Pferdeschwanz zusammengebunden waren. Die drei spielten Karten, lachten laut und viel. All diese Menschen waren verschieden, wunderbar verschieden. Die Mädchen hatten Spaß daran, die fast

nackten Badegäste zu beobachten. Sie machten zwar auch leise Witze über den einen oder anderen Badegast, aber im Grunde fanden sie es gut, dass sich die Schwimmbadgäste in ihrem Badezeug so zeigen mochten, wie sie waren. Alle genossen einfach den sonnigen Tag. Und dann tauchte sie auf, keine fünf Meter von Flora entfernt. Eine junge Frau – wie eine strahlende Göttin. Sie hatte ein wunderschönes Gesicht mit tausend und mehr Sommersprossen. Der Körper war pummelig. Ihre weibliche Figur im grünen Bikini sah prächtig aus. Die Frisur bestand aus langen roten Locken, seitlich mit Spangen gebändigt. Aus dem lächelnden Mund blitzten superweiße Zähnen hervor, als sie den Mädels zur Begrüßung zunickte. Und dann kam das Allerbeste. Die Frau drehte sich beim Ausbreiten ihrer Wolldecke um, sodass Flora ihren Rücken sehen konnte. Wow! Von den Schulterblättern bis hinunter zum Po war ein bunter Drache zu sehen. Das Bild sah fantastisch aus! Die Farben waren zwar dezent, aber dennoch auffallend – irgendwie merkwürdig und kaum mit Worten zu beschreiben. Flora fand diese Tätowierung klasse und konnte den Blick kaum abwenden. Wenn die Frau sich bewegte, sah es aus, als wäre der Drache auf ihrem Rücken lebendig und würde sich leicht bewegen. Auch andere Leute bestaunten verstohlen das große Körperbild. Die junge Frau störte sich nicht daran, sie lächelte nett und cremte sich ein. Danach legte sie sich auf den

Bauch und genoss die warmen Sonnenstrahlen. Die Frau wirkte stark und selbstbewusst. Flora wusste in dem Moment, genau so wollte sie auch werden!

Als Flora vom Schwimmbad nach Hause kam, verkündete sie schon in der Haustür: „Hallo, ich bin wieder da und ich habe Neuigkeiten. Ich werde mich tätowieren lassen!"

Ihre Mutter kam aus dem Wohnzimmer und schaute sie erstaunt an. „Bist du verrückt", brummte sie, „das bekommt man nie wieder weg!"

„Ja, das ist ja der Sinn und Zweck." Flora zog ihre Schuhe aus und ging ins Wohnzimmer. Renate ging zurück ans Bügelbrett und nahm das Bügeleisen, um ihre restlichen Blusen zu bügeln. Sie schüttelte den Kopf.

„Mensch, Kind, was soll denn das?"

„Ich finde es einfach toll."

Das Bügeleisen landete mit einem Knall auf der Halterung. „Dich wird später kein Mann mehr nehmen, wenn du dich tätowieren lässt", meinte sie schnippisch.

„Erstens, mich soll keiner ‚nehmen', und zweitens soll es heutzutage sogar Männer geben, die Tattoos klasse finden."

Renate bekam einen roten Hals – das Zeichen, dass sie wütend wurde, und zwar megawütend. Im nächsten Moment schimpfte sie auch schon los.

„Wie kommst du bloß auf diesen Blödsinn, wer hat dich zu dem Mist überredet? Du spinnst doch, du verunstaltest deinen Körper. Wie all diese Sportlerinnen und Sportler im Fernsehen. Gibt es bei denen überhaupt noch welche mit freien Flächen auf ihren Armen und Beinen? Die jungen Leute heutzutage haben doch einen Knall. Tätowieren! Das kommt überhaupt nicht in Frage. Davon kann man krank werden, richtig krank. Also, mein Fräulein …"

„Mama!", empörte sich Flora. „Es gibt keine Fräuleins mehr. Das war in früheren Zeiten so eine beschissene Bezeichnung für unverheiratete Frauen. Völlig veraltet! Wir sind alles Frauen! Wir sagen zu jungen oder unverheirateten Männern ja auch nicht Männlein. ‚Hallo, Männlein Meyer, bringen Sie mir mal eine Tasse Kaffee, schwarz bitte!' Die Reaktion möchte ich mal sehen. Ich bin eine junge Frau und kann selber bestimmen, was ich gut finde und was ich mit meinem Körper mache."

Renate schrie: „Ja, wenn du volljährig bist und später eine eigene Wohnung hast, dann kannst du machen, was du willst. Aber solange du …"

Sie stoppte. Wahrscheinlich wurde ihr in dem Moment klar, wie blöd der Spruch enden würde.

„Wenn Oma das erfährt, wird sie dir gewiss nichts mehr schenken, nie mehr!" Renate schnappte nach Luft.

„Mensch, Mama, reg dich doch nicht so auf. Gleich kommt Papa von der Arbeit, dann trinken wir erst mal in Ruhe eine Tasse Kaffee."

Als Flora kurz darauf dem Vater erzählte, was sie vorhatte, war dieser allerdings auch nicht begeistert, doch er blieb wie immer ganz ruhig, als er fragte: „Flora, meine Süße, warum willst du das denn auf einmal?"

Seine Tochter berichtete vom Besuch im Schwimmbad. Begeistert erzählte sie von der Frau mit dem Drachen. Wie fantastisch die Tätowierung ausgesehen und welche Ausstrahlung diese junge Frau gehabt habe. Als ihre Mutter das hörte, fing sie gleich wieder zu zetern an: „Ja, glaubst du denn, du wirst allein durch eine blöde Tätowierung so wie diese Frau? Du kennst die doch gar nicht. Vielleicht ist die gar nicht so super, wie du denkst. Vielleicht ist die total dämlich oder verrückt. Außerdem kann ich dir das Tätowieren verbieten. Ich bin deine Mutter und du bist noch keine achtzehn Jahre alt. Oh nee, oh nee … Andreas, sag du doch auch mal was dazu!"

„Hallo, Renate … entspann' dich mal. Wir werden das Thema in Ruhe besprechen, dann sehen wir weiter."

Er zögerte einen kleinen Augenblick, als wüsste er nicht genau, womit er beginnen sollte. Dann holte er tief Luft und begann zu erzählen, dass er sich vor kurzem über genau dasselbe Thema mit seinem Arbeitskollegen unterhalten habe, weil sich dessen Sohn auch tätowieren lassen wolle. Dieser Kollege habe ihm erzählt, die Farben für das Tätowieren würden normalerweise zum Färben von

Autoreifen verwendet werden. Im Körper könnten diese Farben schlimme Folgen für den Organismus haben. Kleinste Teile der Farben könnten in Herz, Leber oder Lunge wandern. Besonders Rot sei gefährlich. Außerdem könne sich die Haut entzünden und wenn es beim Tätowieren nicht absolut sauber zugehen würde, dann sei es sogar möglich, dass man Aids bekommen könne. Oder andere schlimme Krankheiten.

Das war für Renate natürlich das Richtige.

„Da hörst du es", schleuderte sie bissig in Floras Richtung, „ich hab' es dir gleich gesagt."

„Renate, ich war noch nicht fertig, lass mich bitte ausreden. Ich wollte nämlich noch sagen, dass ich gar nicht weiß, ob das alles wahr ist, was ich gerade erzählt habe, denn ich habe es ja nur von meinem Kollegen gehört. Wer weiß, woher der das alles hat. Aber vielleicht überlegst du es dir noch mal."

„Wahrscheinlich brauchst du sowieso so eine Art Einwilligungserklärung von Papa und mir. Und das sag ich dir jetzt schon ganz deutlich, meine Unterschrift bekommst du dafür nicht."

Flora hatte keine Lust mehr, weiter über das Thema zu reden, deshalb versprach sie den Eltern, noch ein wenig mit dem Tätowieren zu warten. Die beiden schienen erleichtert zu sein.

Als Flora in ihrem Zimmer war, musste sie über all das nachdenken, was der Vater erzählt hatte. Wenn das mit den Farben und den Krankheiten alles stimmen sollte, puh, das wäre echt blöd. Sie stellte sich eine schwarze Lunge vor. Pfui Teufel. Schwarze Lunge, rotes Herz, blaue Leber – war das möglich? Konnten diese Farben tatsächlich Organe angreifen? Das musste ja nicht gerade ihr passieren. Außerdem wusste Papa nicht, ob dies alles der Wahrheit entsprach. Sie musste sich dazu Informationen aus dem Internet besorgen. Was ihr jedoch am meisten Angst machte, das waren die zu erwartenden Schmerzen, wenn beim Tätowieren mit der Maschine die Nadeln in die Haut gestochen wurden, um so die Farbe in die Haut zu bringen. Das solle ziemlich wehtun – so stand es im Internet. Und davor fürchtete sich Flora richtig heftig, aber das würde sie nie zugeben, jedenfalls nicht vor ihrer Mutter.

Die nächsten Tage sprach keiner mehr über das Tätowieren. Dabei war allen klar, das Thema war noch nicht vom Tisch. Die Stimmung in der Familie war schlecht. Flora war über sich selber sauer und überlegte: „Warum habe ich Mama und Papa bloß von meinem Vorhaben erzählt. Das ist allein meine Entscheidung. Ich habe genug Geld für das Tattoo und überhaupt, was mischen die sich in meine Angelegenheiten ein. Auch wenn ich noch zu Hause wohne, das ist allein meine Sache."

Am Sonntag kam die Oma zu Besuch und Renate erzählte sofort von Floras Idee. Wenn Renate damals gewusst hätte, dass sich durch dieses Gespräch eine Wette ergeben würde, die sie den ganzen Sommer noch oft bereuen würde, dann hätte sie sicher den Mund gehalten. Aber Renate konnte nicht an sich halten und erzählte richtig Gruseliges über das Tätowieren. Sie war fest überzeugt, ihre Tochter würde diese Entscheidung eines Tages wahnsinnig bereuen, aber dann wäre es zu spät.

„Flora hat nie etwas lange durchgehalten. Mit zehn Jahren hat sie probiert, auf der Gitarre zu spielen. Nach einem Jahr hat sie wieder aufgehört. Dann hat sie für kurze Zeit in dieser Kindertheatergruppe am Marktplatz mitgespielt und danach hat sie sich vorgenommen, intensiv Sport zu treiben – Leistungssport –, was ihr auf Dauer dann doch zu anstrengend war. Also wurde auch das nach kurzer Zeit aufgegeben. Und wenn sie sich Klamotten kauft, bereut sie den Kauf manchmal schon am Abend – bloß, Klamotten kann man umtauschen oder zurückgeben, aber bei einer Tätowierung ist das nicht möglich."

Flora war von ihrer Mutter genervt. Klar, sie hatte schon einiges ausprobiert und im Laufe der Zeit festgestellt, dieses oder jenes war langweilig oder blöd und darum hatte sie damit aufgehört. Das war doch der Sinn und Zweck vom Ausprobieren. Man konnte doch nicht rein theoretisch feststellen, ob einem was zusagte, man musste testen, ob es einem gefällt wenn nicht, konnte man doch einfach wieder aufhören. Aber sie konnte auch an Sachen dran bleiben, wie zum Beispiel bei ihrer Mitarbeit bei der *Tafel*. Das war schließlich eine wichtige Sache. Natürlich konnte man das nicht mit einer Tätowierung vergleichen. Flora war sich bewusst, dass ihre Entscheidung für ein Tattoo für ewig war, und genau darüber meckerten ihre Mutter und Oma jetzt ohne Unterlass. Flora wollte ihre Mutter für die Sache gewinnen, anstatt sich mit ihr zu streiten. Plötzlich kam ihr eine Idee.

„Mama, ich lass mir das alles noch mal durch den Kopf gehen. Sagen wir drei, vier Monate lang. Wenn ich in diesen Monaten drei bis sechs Kilo abnehme und mich danach immer noch tätowieren lassen möchte, darf ich es dann machen lassen?"

Das war ein Angebot! Flora hatte ein wenig Speck auf den Rippen, was schön weiblich aussah. Renate betrachtete erst den Bauch und die Hüften ihrer Tochter und schaute dann nachdenklich auf den Kuchenteller.

„Hm, glaubst du, du schaffst das? So gern, wie du Chips, Eis, Schokolade und Kuchen isst und Cola trinkst. Ich glaube, du ..."

„Ich schaffe sogar noch mehr", fiel Flora ihr aufgeregt ins Wort. „Wetten, dass ich in dieser Zeit zusätzlich mein Zimmer immer sauber halten werde?"

Nun hatte Renate Spaß daran, die Wette hochzutreiben, auch wenn sie nicht daran glaubte, dass Flora tatsächlich abnehmen oder ihr Zimmer ständig aufräumen würde. Aufräumen wäre gewiss

toll, aber Abnehmen musste eigentlich auch nicht
sein. Sie wollte noch eins draufgeben.

„Nein, Flora, das reicht noch nicht. Was hältst du
von Hausaufgaben oder Lernen – jeden Tag eine
Stunde?"

Jetzt musste Flora ein bisschen überlegen.

„In Ordnung. Ich weiß, du traust mir das eigentlich nicht zu. Aber wenn du dir so sicher bist, dass
ich das alles nicht schaffe, kannst du ja zum Spaß
auch etwas dagegen setzen."

Floras Vater und ihre Oma hörten neugierig zu.

„Kein Problem", meinte die Mutter, „wenn du das
wirklich alles schaffen solltest, dann … dann lasse
ich mir … den Arm tätowieren." Renate stellte
sich dies bildlich vor und prustete los. Da konnte
sie noch darüber lachen.

„Um Himmels Willen, lass das sein!", schrie die
Oma, „Andreas, sag den beiden, dass sie aufhören
sollen!"

Aber Andreas schmunzelte nur und reagierte völlig ruhig. „Nö, ich hol mal Papier und einen Stift
und schreibe die Wette ganz ordentlich auf."

Er ging an den Schrank und holte die benötigten
Dinge aus der Schublade. Die drei Frauen schauten ihn an und warteten. Er konnte sich das Kichern nicht verkneifen und fragte: „Was möchtest
du dir denn auf deinen Arm tätowieren lassen,
mein Schatz?"

Renate setzte sich gerade hin. Sie war sich hundertprozentig sicher, dass Flora diese drei Vorsätze

nicht einhalten würde. Es würde also nie dazu kommen, dass sie diese Wette verlor.

„Wenn ich tatsächlich verlieren sollte, dann lasse ich mir eine Blume auf den rechten Oberarm tätowieren. Die soll mich dann immer an meine liebe Tochter erinnern." Sie grinste siegessicher.

„In Ordnung", sagte Andreas und schrieb auf:

Wette zwischen Flora und Renate

Flora muss:

1. bis Ende September 4 Kilo abnehmen

2. jeden Tag das Zimmer sauber halten (außer am Wochenende)

3. jeden Tag eine Stunde lernen (außer am Wochenende)

a) Wenn Flora dies nicht schafft, wird sie sich nicht tätowieren lassen, zumindest bis sie volljährig ist.

b) Wenn Flora es schafft, darf sie sich tätowieren lassen und außerdem muss auch Renate sich dann auf den rechten Oberarm eine Blume tätowieren lassen.

Andreas las den Text laut vor und fragte zum Schluss: „Wollt ihr die Wette so unterschreiben?"

Die Oma stand schnaubend vom Sofa auf, schüttelte den Kopf und meinte: „Ihr habt ja wohl den Verstand verloren!"

Sie stampfte hinaus – wahrscheinlich in den Garten. Andreas notierte das Datum und forderte Flora auf, mit ihrer Mutter ins Badezimmer zu gehen, denn sie sollte sich vor den Augen der Mutter wiegen. Als die beiden zurückkamen, sagte die Mutter ernst: „Achtzig Kilo!"

„Oh Mama, hör auf zu lügen, ich wiege knapp siebzig Kilo. Das reicht ja wohl bei meiner Größe. Los, sag die Wahrheit!"

Renate grinste.

„Ja, stimmt, sie wiegt siebzig Kilo. Siebzig minus vier sind sechsundsechzig. Sie darf also in vier Monaten maximal sechundsechzig Kilo wiegen."

Worauf Flora nur mit einem knappen „Null Problemo! Morgen geht's los" reagierte.

Mutter und Tochter setzten beide siegesgewiss ihre Unterschrift auf das Papier, welches der Vater anschließend feierlich an sich nahm. Flora schaufelte genüsslich den restlichen Kuchen in sich hinein und Renate dachte gehässig: „Ja, ja, nur weiter so!"

Nach diesem Nachmittag war Flora wie verwandelt. Noch am gleichen Abend räumte sie ihr Zimmer auf. An ihre Pinnwand befestigte sie einen überdimensionalen Zettel, auf dem groß und fett stand:

ICH WERDE MICH TÄTOWIEREN LASSEN

Einen anderen Zettel klebte sie an die Schranktür, dort konnte man lesen:

ABNEHMEN
AUFRÄUMEN
LERNEN

Sie fuhr nur noch mit dem Fahrrad zur Schule. Allerdings für Strecken, die mit dem Fahrrad länger als fünfundvierzig Minuten dauerten, nahm sie den Bus. Sie aß zwar immer noch Chips und andere leckere Sachen, doch längst nicht mehr so viel wie früher. Und wenn sie nach Hause kam, hatte sie jeden Tag eine feste Lernzeit. Von achtzehn bis neunzehn Uhr machte sie Hausaufgaben, wiederholte und lernte für Klassenarbeiten. Wenn in dieser Lernzeit eine Freundin anrief, ging sie nicht ans Handy, sondern rief später zurück. Auch das Internet war in dieser Zeit tabu.

Zuerst dachte ihre Mutter, das würde sich bald wieder ändern. Ewig würde Flora diesen Weg nicht durchhalten. Aber sie irrte sich. Flora hatte nämlich Ehrgeiz entwickelt. Sie fühlte sich fantastisch. Es war für Flora ein wunderbarer Sommer, voller Schwung und Leichtigkeit. Nach zwei Monaten wurde es Renate mulmig. Ihre Tochter war schon dünner geworden und auch sonst hielt sie sich an die Regeln. Renate überlegte sich fiese Sachen, um Flora von den guten Vorsätzen abzubringen. Ganz häufig gab es Floras Lieblingsessen. Abends beim Fernsehen bot sie wie nebenbei immer wieder Eis oder Chips an oder kam mit Cola in Floras Zimmer, wenn diese lernte. Renate meinte es gut mit ihrer Tochter. Oder etwa nicht? Flora durchschaute ihre Mutter und lehnte meistens dankend ab. Sie wollte es unbedingt schaffen. Und ihre Mutter? Aus dem mulmigen Gefühl wurde Panik. Eines Nachts träumte sie davon, wie sie tätowiert wurde. Jemand kam mit einer besenlangen Nadel auf sie zu und versuchte dieses Folterinstrument in ihren Oberarm zu rammen. Ein furchterregender Mann lachte höhnisch, seine blutunterlaufenden Augen blitzten vor Schadenfreude. Er sprang auf Renate zu, stieß die riesige Nadel in ihren Arm. Blut spritzte. Vom eigenen Schreien wurde Renate wach. Andreas schreckte auch hoch, er nahm Renate in den Arm und küsste sie. Er konnte sich fast denken, was seine Frau quälte. „Komm, schlaf weiter, ich beschütze dich. Alles wird gut."

Am nächsten Morgen gab Renate ihre Befürchtung kund. „Du, Andreas, ich glaube, unsere kleine Blume zieht das durch und das bedeutet, ich muss mich tatsächlich tätowieren lassen. Was soll ich bloß machen?"

„Ja, mein Schatz, wenn du verlierst, dann musst du das machen. Wettschulden sind Ehrenschulden."

Er merkte, dass seine Frau sich unwohl fühlte. Dennoch wollte er seine Meinung zu dem Thema nicht ändern.

Für Renate war es der schlimmste Sommer seit ewigen Zeiten und sie wurde in den letzten Wochen vor dem Ende der Wette immer nervöser.

Ständig war sie gereizt und meckerte herum. Einmal schrie sie Flora sogar an: „Verdammter Mist! Ich mach mich doch nicht lächerlich. Was werden unsere Nachbarn dazu sagen, wenn die das zu sehen bekommen? Ich werde zum Gespött der ganzen Straße. Die nennen mich dann vielleicht Rockerbraut oder so."

Flora antwortete nur mit einem Schulterzucken. Ihr Vater hingegen blieb völlig gelassen. Es interessierte ihn eher, welches Motiv seine Tochter für sich gewählt hatte, ob sie sich auch eine Blume auf den Arm tätowieren lassen würde.

„Nein, um Himmels willen, doch keine Blume. Ich will etwas, das mich stark macht – einen *Tiger*!"

Andreas war ein wenig erschrocken über ihre Antwort. „Erzähl Mama das bloß nicht, die regt sich dann wieder fürchterlich auf. Und überleg dir gut, wie groß das Bild sein soll und wo du es hinhaben möchtest. Du musst schließlich ein Leben lang damit rumlaufen."

Nur ein paar Tage später stellte Renate ihrer Tochter eine ähnliche Frage:

„Was willst du dir denn tätowieren lassen? Eine Rose oder ein Herz auf den Arm? Aber wie ich dich kenne, wird es wahrscheinlich was Schlimmes. Totenkopf, Monster oder komische Zeichen."

„Lass dich überraschen", antwortete Flora gut gelaunt, „überleg du lieber, was es bei dir sein soll."

„Meinetwegen kannst du mir eine Rose oder eine andere Blume aussuchen, aber so weit wird es so-

wieso nicht kommen." Renate klang nicht über-
zeugend.

Die Tage vergingen, Flora wurde immer dünner.
Sie lernte fleißig und bekam dadurch auch bessere
Noten in der Schule. Ihr Zimmer war stets aufgeräumt. Es war für sie ein fantastischer Sommer.
Ihr wurde immer bewusster, dass sie gesetzte Ziele
erreichen konnte, wenn der Wille nur stark genug
war. Alles war bestens – nur die Laune der Mutter
nicht – die wurde von Tag zu Tag schlechter.

Und nun sind die vier Monate abgelaufen. Mutter
Renate läuft seit dem Morgen unruhig im Haus
umher. Bevor sich Flora an den Tisch setzt, um
mit den Eltern zu frühstücken, stellt sie sich im
Badezimmer auf die Waage. Die Abnahme beträgt
nicht vier, sondern sogar fast sieben Kilo, was
deutlich zu sehen ist. Die Eltern müssen zugeben,
dass ihre Tochter tatsächlich alle Ziele erreicht
hat.
„Herzlichen Glückwunsch, mein Blümchen! Du
hast es geschafft!" Der Vater umarmt Flora. Dann
kommt die Mutter zögerlich heran, auch sie
nimmt Flora in ihre Arme.
„Tja, so 'n Mist, aber trotzdem: Herzlichen Glückwunsch!"
Mittags kocht die Mutter ein leckeres Essen, mag
selber kaum etwas essen, obwohl es super
schmeckt. Beim Abwaschen bekommt sie von der
einen Sekunde auf die nächste einen Anfall und

rennt wütend aus der Küche raus. Sie knallt die Tür laut hinter sich zu. Im Flur hört man ihr Gebrüll: „Ich lasse mich nicht verunstalten! Ihr könnt mich nicht dazu zwingen, das ist Körperverletzung – verdammt noch mal. Ihr spinnt doch."

Doch sie beruhigt sich wieder. Sie hat ihr Wort gegeben und wird es halten. Mitte der Woche fährt Flora mit ihr ins Zentrum der Stadt. Beide sprechen kaum miteinander. Renate ist unheimlich blass. Sie haben einen gemeinsamen Termin. Darum hat Flora sich vor einigen Tagen gekümmert. Eine Freundin hat ihr ein Studio empfohlen, das tolle Tätowierungen machen soll. Außerdem soll dort sehr sauber gearbeitet werden. Als Flora in diesem Studio angerufen hat, hat man ihr sogar noch einen Termin für diese Woche geben können. Gestern ist sie schon mal kurz dort gewesen, um das Motiv auszusuchen. Und nun ist es soweit, heute bekommt Flora endlich ihren Tiger, und zwar auf die Wade. Er soll so groß wie eine Hand werden. Als es losgeht, hat Flora Schmerzen, aber das ist ihr egal. Flora beißt die Zähne zusammen und ist glücklich.

Ihre Mutter wartet währenddessen in einem Nebenraum. Sie versucht, eine Zeitschrift zu lesen, doch die Nervosität lässt dies nicht zu, Renate erkennt die Schrift nicht mehr. Ihre Hände sind feucht und das Herz klopft wie wild. Aber kneifen kommt nicht in Frage. Oder soll sie einfach abhauen? Pah, wer sollte sie daran hindern? Doch dann wird sie vor Flora nicht mehr geradestehen können. Renate grübelt und grübelt und bekommt davon Kopfschmerzen. Nach endlosen drei Stunden ist der Tätowierer fertig. Auch Renate ist mittlerweile fix und fertig, aber es nützt nichts, jetzt ist sie dran. Wettschulden sind Ehrenschulden!

Renate geht in den Raum, in dem das Tätowieren stattfindet. Dort wird sie von dem freundlich lächelnden Tätowierer begrüßt. Sie gibt ihm die Hand, die wie ihre Stimme zittrig ist. Der Mann nimmt ihre Nervosität wahr. Er möchte sie beruhigen und versucht, ein Gespräch anzufangen: „Ihre Tochter hat eine wirklich hübsche Blume für Sie ausgesucht, das wird ein wunderschönes Tattoo. Aber vielleicht möchten Sie lieber ein anderes Motiv, das ist kein Problem. Möchten Sie noch mal schauen? Nein? Nun denn, dann können wir anfangen.“

Renate kann nur wortlos nicken, dabei kullert ihr eine Träne über die blasse Wange. Der Mann schaltet das Gerät ein und beugt sich zum Oberarm runter.

Muss der nicht vorher desinfiziert werden? Renate verkrampft sich, Gedankenfetzen schießen durch ihren Kopf. Ansteckende Krankheiten, riesengroße Nadeln, spritzendes Blut … Auf dem Gesicht erscheint kalter Schweiß. Plötzlich gibt Flora von hinten energisch den Befehl: „Stopp!“ Der Mann hält inne, lächelt und meint: „Alles klar!" Flora reicht ihrer Mutter die Hand: „Komm, Mama, wir gehen nach Hause."

45

Marion Galinowski

Einst lebte ein Drache ...

Es lebte ein Drache seit langer Zeit in einer Höhle. Er wurde gefangen gehalten von einem grausamen Herrscher. Der Drache war sehr klein, als der Herrscher kam, die Eltern tötete und das Drachenkind mitnahm. Es wurde in einer Höhle in Ketten gelegt, wo es einsam dahinvegetierte. Seine Erinnerungen daran, wie es noch glücklich mit seinen Eltern gelebt hatte, verblassten immer mehr. Den Gesang seiner Mutter hörte es nicht mehr und ihm war ständig kalt. An diesem Ort gab es nichts, woran der Drache sich wärmen konnte, nicht ein Feuer brannte und keine warme Suppe wurde ihm gereicht, die seinem Inneren Wärme schenkte. Sein Herz wurde immer schwerer, schwer wie ein Stein, sein Atem immer flacher, so flach wie eine Pflanze, die dahinwelkt. Seine Träume verblassten, wie die Sonne hinter grauen, dunklen Wolken. Sein Erwachen am Morgen machte keinen Sinn mehr.

Die Zeit nahm ihren Lauf, auch wenn sie sich nicht gut anfühlte. Dämmernd verbrachte der Drache seine Tage – bis zu jenem Tag, als eine singende Stimme in seine Höhle schallte. Da der Drache schon lange niemanden mehr gesehen hatte, fürchtete er sich sehr. Er kauerte sich zusammen und fing an, mit den Zähnen zu klappern. Und wenn ein Drache mit den Zähnen klappert, dann ist es laut.

Es war ein kleines Mädchen, das verträumt durch die Wälder lief und Blumen sammelte, die an seinem Weg standen. Verdutzt schaute die Kleine auf und blieb stehen, als ihr dieses Klappern zu Ohren kam. Sie horchte und folgte diesem Geräusch, bis sie zu der Höhle kam. Sie zweifelte, ob sie die Höhle betreten sollte, denn was sie sehen konnte, war nur Dunkelheit. Das Mädchen war aber von so großer Neugier, dass es zu platzen drohte, wenn es das nicht tun würde. Also gab sie sich einen Ruck und trat in die Dunkelheit. Schritt für Schritt tastete sie sich vor. Als sie die Hälfte der Höhle durchschritten hatte, stolperte sie über etwas, das sich weich und eklig anfühlte. Sehen konnte sie immer noch nicht, doch fühlte sie, dass etwas Ungewöhnliches vor ihr lag. Was sollte sie nur tun, damit sie sehen konnte? Da fielen ihr die Glühwürmchen ein, die sie am Abend zuvor gesammelt hatte. Die befanden sich in ihrer Schürzentasche. Sie holte sie alle heraus, und das waren sehr viele, so viele, dass sie beide Hände brauchte, die sie hochhielt, so dass die ganze Höhle sich durch das Licht erhellte. Das Mädchen wandte den Blick nach unten, um zu sehen, worüber sie gestolpert war. Da sah sie ihn, zusammengekauert, bibbernd vor Angst. Ein Drache!

Ihre Großmutter hatte viele Mythen und Geschichten über Drachen erzählt. Dass Drachen wundervolle Geschöpfe seien, mit geschuppten Panzern aus Gold, aus dem Schlund Feuer speiend. Nein, sie war so verwundert, hier einen Drachen zu finden, dass einige Zeit verging, bis sie verstand. Ihr lief ein kalter Schauer den Rücken hinunter.

Aber sie war ein sehr mutiges Mädchen. So neigte sie sich zu dem Drachen hinunter und fing an, mit ihm zu sprechen. Der Klang ihrer Stimme war voller Reinheit und Sanftheit, so dass der Drache den Kopf hob und die Augen öffnete. Das, was sie sah, berührte sie so sehr, dass es in ihrer Brust wehtat. Sie wandte sich wieder dem Drachen zu und redete mit ihm. Die Höhle füllte sich mit Wärme und Vertrauen und er verlor immer mehr die Angst. Als es Abend wurde, überkam den Drachen Unruhe. Er forderte sie auf zu gehen, denn sein Herrscher würde bald zu ihm kommen, um nach ihm zu schauen. Der Drache und das Mädchen versicherten sich, sich wiederzusehen und verabschiedeten sich.

Die Sehnsucht der beiden, sich wieder zu treffen, war sehr groß. Doch war es gut so, wie es war. Denn in der Zeit des Wartens erfüllten sich ihre Herzen mit Zuversicht. So war ihr Wiedersehen später voller Freude und es folgten etliche Treffen hintereinander. Das Mädchen erzählte viele Geschichten. Am liebsten hörte der Drache der Kleinen zu, wie sie von ihrer Welt da draußen erzählte. Von den Wäldern, den Wiesen und dem grünen Gras. Von Blumen, die blühten, und von dem süßen Duft, den sie ausströmten. Da gab es einen Bach, der gluckernd und rauschend durch das Tal zog, um dann in einen großen See zu fließen. Sie erzählte von der Sonne, die wärmend und zart ihre Haut berührte. Vom Regen und dem Wind, der rauschend durch die Bäume zog. Manchmal brachte das Mädchen dem Drachen Beeren mit, und er war so entzückt, dass es seine Sinne verwirrte.

Das Mädchen sprach zu ihm: „Mit alledem auf der Erde zu sein, das ist für mich das größte Glück, das ich empfinden kann. Das fühlt sich für mich an, als ob mich Gott in seinen Armen wiegt."

Das war der Moment, in dem der Drache erschrak. Ohne einen Spiegel zu haben, hatte er das Gefühl, er würde sich zum ersten Mal erkennen.

Wieder verging die Zeit, nicht schnell, sondern eher schmerzhaft und langsam. Tief im Herzen des Drachen breitete sich Schmerz aus. Es fühlte sich an wie ein Stein, wie der Stein, auf dem er lag, kalt und schwer.

Eines Nachts erschien beim Drachen sein Herrscher, der groß und mit dunklen, roten Augen vor ihn stand.

Der Drache fasste allen Mut zusammen und fragte; „Warum bin ich hier und warum hältst du mich hier in der Höhle fest?" Der Herrscher antwortete: „Wenn du groß und stark geworden bist, werde ich die Ketten lösen. Du wirst dann über das Land fliegen und das Land mit deinem Feuer zerstören! Die Menschen werden sich fürchten vor dir. Da ich dein Herrscher bin, werden sie nur mir gehorchen. Ich werde alle Macht besitzen über das Land und die Menschen." Als der Drache das hörte, war er zutiefst erschüttert. Nein, er wollte die Menschen nicht töten, denn dann würde er das Mädchen verlieren. Was sollte er tun? Der Drache erhob sich, stellte sich vor dem Herrscher auf und sagte so laut er konnte; „Nein, das werde ich nicht tun!" „Du willst mir nicht gehorchen? Das wirst du aber tun müssen!", erwiderte der Herrscher mit böser Stimme. Nun holte er sein Schwert hervor und bedrohte den sich aufbäumenden Drachen. Mit aller Kraft, die der Drache aufbringen konnte, stellte er sich gegen die dunkle Macht. Doch die dunkle Schwertspitze blitzte vor seinem Herzen auf. Donnernd sank der Drache zu Boden. Alles wurde düster und grau und er versank in einen tiefen Schlaf.

Die Zeit verging, ohne Spuren zu hinterlassen. Es entstand eine große, dunkle Lücke.

Rufend und voller Freude betrat das Mädchen die Höhle. Was es dann sah, vor sich auf dem Boden, nahm ihm den Atem. Ihr Freund, der Drache, lag regungslos vor ihr. Entsetzt rief sie: „Nein, das kann doch nicht sein, was ist geschehen? Lebt mein Freund noch?" Sie beugte sich über den Drachen. „Oh, was für ein Glück! Er atmet, er atmet!“ Doch sie konnte ihn rufen, ihn streicheln, der Drache rührte sich nicht. Was sollte sie tun, sie wollte ihren liebgewonnenen Freund nicht verlieren. Da kam ihr eine Idee. Sie lief, so schnell sie konnte, und holte ihre Großmutter. Es brauchte seine Zeit, bis die beiden endlich in der Höhle ankamen. Vor ihnen lag immer noch regungslos der Drache. Sie knieten sich hin und beugten sich über sein Gesicht. „Was können wir tun, Großmutter?“ „Gib mir Zeit“, erwiderte die alte Frau. Nach einer Weile holte die Großmutter einen Beutel aus ihrer Schürzentasche. Aus diesem Beutel nahm sie ganz bestimmte getrocknete Pflanzen. Die legte sie dem Drachen auf die Stelle, wo ihn das Schwert getroffen hatte. Dann rief die Großmutter: „Himmel, hab Dank, der Drache ist schon gehörnt. Die Hörner sind noch sehr klein, doch es wird ausreichen.“ Sie nahm die Hörner in ihre Hände und fing an, sie zu reiben. Erst das eine, dann das andere. Dabei sang sie ihre heiligen Gesänge. Die Gesänge wurden immer lauter und klarer und sie erfüllten die ganze Höhle. Was nun geschah, sprengte die Dunkelheit. Die Hörner des Drachen fingen an zu funkeln. Erst sehr schwach, doch dann wurde aus dem Funkeln ein goldenes Licht. Das Licht bekam einen so hellen Glanz, dass es die Höhle erleuchtete. Der Drache öffnete langsam die Augen. Ihm erschien noch alles sehr verschwommen, doch er erkannte immer deutlicher seine kleine Freundin und eine alte Frau mit dem warmherzigsten Lächeln, das er je gesehen hatte.

„Du lebst, wie froh ich bin!", rief das Mädchen. Die Großmutter sagte: „Lange habe ich keinen Drachen mehr gesehen, ich dachte, sie wären ausgestorben. Ich hörte, ein grausamer Mann mit einen Zauberschwert habe viele Drachen getötet."

„So war es auch", antwortete der Drache, „nur mich ließ er am Leben, um mich für seine Zwecke zu benutzen."

„So ist es!", hallte es vom anderen Ende der Höhle. Vor ihnen stand der furchterregende Herrscher. Sein Schwert hielt er auf das Mädchen gerichtet. „So soll es auch bleiben, darum werdet ihr jetzt sterben und der Drache wird dann seine Aufgabe erfüllen und das Land zerstören! Alle Menschen werden dann *mir* untertan sein!" Der Drache fühlte, wie sein Herz heftig anfing zu schlagen. Seine Kehle wurde heiß, so dass die Hitze seinen Bauch erreichte. Diese Wärme erfüllte ihn mit großer Kraft. Nie zuvor hatte er sich selbst so erlebt. Er erhob sich und wurde immer größer, so dass er in seiner vollen Pracht aufgerichtet vor dem Herrscher stand. Nichts konnte den Drachen mehr erschüttern. Vor sich sah er die Wälder, die grünen Wiesen und die Blumen mit ihrem süßen Duft. Ja, er wollte das Rauschen des Baches hören, den Regen und die Sonne auf seinen geschuppten Panzer fühlen. Das Leben erschien ihm in einem anderen Licht. Das wollte er erleben!

Tief holte der Drache Luft, öffnete seinen Rachen. Heraus kam ein Feuerschwall. Der traf den dunklen Herrscher. Als das Feuer des Drachen erlosch, blieb von der dunklen Macht nur ein Haufen Asche übrig. Der Drache schaute an sich herunter. Die Ketten waren gesprengt.

Alle drei verließen zusammen die Höhle. Geblendet von der Sonne stand der Drache da. Er genoss die warmen Sonnenstrahlen auf seiner Haut. Als er seine Augen öffnete, lag die Welt vor seinen Füßen. Ein warmer Windstoß legte sich unter seine Flügel. Er schloss die Augen und ließ es geschehen: Er breitete die Flügel aus und ließ sich vom Berggipfel fallen. Groß und erhaben sah man ihn über das Tal schweben. Sein goldener, geschuppter Panzer leuchtete in der Sonne. Und plötzlich ertönte sein Ruf in den schönsten Klängen. Nie zuvor hatten sich Glück und Dankbarkeit so vollendet gezeigt.

Es wird erzählt, dass des Öfteren ein Drache gesichtet werde, er flöge auf seinen großen Schwingen übers Tal.

Wolfgang A. Gogolin

Rote Eisblumen

Die Ladentür des Friseursalons wehte auf, messingfarbene Glöckchen kündigten sphärisch einen neuen Kunden an.

Käthe Lindhorst betrat den Laden. Niemand da? Sie schaute sich um, unzählige Spiegel begrüßten sie mit ihrem eigenen Antlitz. Käthe fragte sich, wer diese gebeugte alte Frau sein könnte, deren Bassetfalten im Gesicht eine unfreundliche Symbiose mit den schneegrauen Haaren eingegangen waren. Nur für einen Moment schaute sie näher hin. Wer bin ich? Manchmal konnten Fragen gefühlte Antworten haben. Sie fröstelte.

„Hallo?" Käthe reckte den Oberkörper und machte sich bemerkbar. Genau genommen wollte sie sich heute überhaupt bemerkbar machen, nicht nur über ein klägliches „Hallo".

„Hallo!", rief sie erneut, diesmal deutlicher. Es raschelte. Durch einen Vorhang aus türkisfarbenen Plastikperlensträngen äugte ein junger Mann.

„Ich bin gleich bei Ihnen", flötete er. *Gleich* war so etwas wie bald und bald so etwas wie nachher. Käthe hatte aber keine Zeit mehr.

„Hallo!!!!", brüllte sie, „ich habe Deutschland aufgebaut und ich kann es auch wieder in Schutt und Asche legen!" Der Friseur ahnte, dass er heute keinen leichten Tag haben würde. Der Herbststurm vor seinem Laden bildete freundliche Wirbel aus buntem Laub.

„Guten Tag. Was kann ich für Sie tun?" Berthold, genannt Steven, legte trotz seiner fünfundzwanzig Lenze und einem Irokesenschnitt eine professionelle Begrüßung hin.

„Ich bin achtundneunzig Jahre alt!" Käthe schaute den Friseur prüfend von oben bis unten an und umrundete ihn. „Achtundneunzig, junger Mann und ich denke, man sollte im Geschäft sein, wenn ein Kunde es betritt!" Zur Untermalung der Forderung stieß sie rhythmisch mit ihrem Spazierstock, dessen silberner Knauf herausfordernd blitzte, auf den Linoleumfußboden.

Stevens Selbstbewusstsein schmolz. Er hatte jetzt die Gewissheit, dass der Tag eine ganz spezielle Nuance erhalten würde. Möglicherweise würde ihm diese Tönung nicht gefallen. Unsicher lächelte er.

„Ein hübsches Lächeln", krächzte die Alte anerkennend. „Ich mag hübsche Lämmer." Lamm Steven quälte sich sichtlich.

„Wie heißt denn das hübsche Schaf?" Sie blieb vor ihm stehen.

„Steven."

Ihre stahlblauen Augen durchbohrten ihn fast körperlich.

„Steven. Ein schöner Name. Fast zu schön, um wahr zu sein."

Berthold, genannt Steven, schluckte. Er wusste zwar, dass die halbe Wahrheit anteilig eine Lüge war, aber wozu die Realität bemühen, wenn man eine schöne Illusion haben konnte? Der Vorname Berthold war die schlimmste Verirrung, seit es Buchstaben gab.

„Möchten Sie einen Kaffee?"

Käthe nickte und setzte sich in den kunststoffbezogenen Salonstuhl, dessen Bezug unzählige kleine Risse aufwies. Die alten Risse passten, die rote Farbe auch. Nur Stevens Irokesenschnitt bildete einen seltsamen Kontrast dazu.

„Ich will rot!"

Steven stellte die Kaffeetasse ab.

„Rot?"

„Ja, ich will rote Haare. Genau so rot wie das Herbstlaub."

„Aber ... " Der Friseur wollte etwas darüber erzählen, wie unsinnig es sei, in einem so fortgesetzen Alter eine unpassende Farbe zu wählen. Dass gefärbte Haare zu dem Typus der Trägerin passen müssten und dass sie eigentlich wunderschönes weißes Haar habe.

„Rot!!!" Er hatte keine Chance, setzte trotzdem noch einmal an und holte Luft.

„ROT!"

Steven rührte die Farbe an, seine Finger raschelten in dünnen Plastikhandschuhen. „Warum rot?" Käthe lächelte.

„Ich will leben!" Steven hörte auf zu rühren, schaute seine Kundin, die unter dem geblümten Umhang mit nassen Haaren die Hälfte ihrer Würde eingebüßt hatte, fragend an. Ein kleine, hutzelige Frau. Kaum zu glauben, dass sie eben noch Deutschland in Schutt und Asche legen wollte.

„Was hat denn die Farbe mit Leben zu tun?"

„Weißgrau ist Friedhof. Friedhofsblond. Tote Eisblumen auf dem Kopf." Käthe Lindhorst schüttelte sich. „Ich will den Herbst wiederhaben! Lachen, Tanzen, Männer, Liebe! Im Inneren bin ich keine Eisblume. Ich fühle mich nicht alt. Ich sehe nur so aus!" Fast lautlos schob sie nach: „Mir fehlt das Lieben so."

Steven schluckte. Friseure und Barkeeper mussten manchmal gute Psychologen sein. Er atmete durch. Irgendwie wäre es ihm lieber gewesen, an einem Strand mit einem Sixpack Bier zu liegen und mit seinen Freunden Party zu machen.

„Eigentlich sollte ich das nicht tun! Farben machen nicht jung. Im Grunde genommen ist das nur Selbstbetrug. Das Alter kann doch auch schön sein." Der klägliche Versuch eines Friseurs, dem tagtäglichen Betrugsversuch zu entkommen.

„Rot," schnarrte Käthe. „Rot und sofort!"

Widerwillig schmierte Steven die Stirn seiner Kundin dick mit weißer Hautcreme ein, umwickelte ihren Kopf mit einem Strang Watte und gab einen ordentlichen Klacks „Herbstsinfonie" zum Verteilen auf die Mitte des Kopfs.

Käthe Lindhorst lächelte glücklich. Endlich wieder Leben. Sie fühlte, wie die Farbe sich verteilte, ihr Leib sich straffte und Wollen in ihre Seele kroch. Käthes Herz pochte vor Freude in seinem Käfig aus achtundneunzig Jahren. Genüsslich schloss sie ihre Augen, holte Luft und wisperte.

„Endlich Liebe."

Steven vollendete sein Betrugswerk, indem er mit einem schwarzen Färbepinsel die spärlichen Haare zu einem Haufen aus rotbrauner Pampe auftürmte. Die Kundin hielt ihre Augen geschlossen und lächelte verträumt vor sich hin, sodass sich die Frage nach einem weiteren Kaffee erübrigte. Steven stellte den Kurzzeitwecker auf eine halbe Stunde ein.

„Selbstbetrug", murmelte er kopfschüttelnd und verschwand hinter dem türkisfarbenen Perlenvorhang. Ob er volles Haar, blondes Haar oder gar rotes Haar simulieren musste, es lief immer auf dasselbe hinaus: Man wollte etwas sein, was man nicht war, um dann festzustellen, dass Zeit und Unvollkommenheit eine kriminelle Brutalität in sich trugen, die man eigentlich unter Strafe stellen sollte. Als Steven an den Punkt gekommen war, dass es weiser wäre, sich mit sich selbst anzufreunden, klingelte Käthes Kurzeitwecker.

„Wir sind fertig."

Er prüfte das Herbsinfonietürmchen. Käthe regte sich nicht.

Der Friseur pampte in dem roten Matsch mit nacktem Finger. „Fertig!", wiederholte er, nun erheblich lauter, um seine Kundin, deren Kopf leicht nach vorne gesunken war, zu wecken.

Steven fokussierte neu. Dann schrie er auf. Käthe Lindhorst hatte den Friseursalon verlassen. Nur ihre Hülle saß friedlich lächelnd im Sessel. Eine tote Betrügerin in rotem Salonstuhl. Seine Hände erstickten den Schrei. Dann sah er in den Spiegel. Mit weißer Creme aus blauer Dose stand dort in großen Druckbuchstaben ein Wort mit Fragezeichen geschrieben:

STEVEN?

Klaus-D. Gutsche

WahnSinnsFetteBunteBeute

Eine Collage

Was wäre der Frühling ohne den Winter? Ist schwarz tatsächlich das Höchstmaß an Buntheit oder ist grau gar noch bunter? Oder einfach nur grausam? Ist nicht immer nicht alles nicht nur nicht schlecht? Worin besteht der Unterschied zwischen Suppengemüse und Gemüsesuppe? (Es fehlt der Gemüsesuppe das „n"). Was ist mehr wert: EinmalEins oder KainsmalKains? Ist der Gleichschritt Ausdruck einer dynamischen Individualitätsveredelung oder ist Gleichschaltung noch fetter? Ist der Rasengleichschnitt dem Gleichschritt gleichzusetzen? Oder ist es dir gleichgültig? Sprechen wir hier von einer Rasenkultur oder einer rasenden Tortur? Auch nur grün ist nicht schon bunt, nicht wahr? Hee, du Christ! Du sollst nicht töten. Schon wieder vergessen? Die Ukraine verteidigt die westlichen Werte. Möchtest du für die westlichen Werte sterben oder ist es bequemer, wenn es andere für dich tun? Sind oder waren Ukrainer auch Menschen? Gibt es für sie denn ein Leben nach dem Tod? Ist es vorteilhaft für sie zu sterben? Mensch! Was wäre der Frieden ohne den Krieg? Nicht wahr?

CUT

liegend
in den wolkenverhangenen Himmel blickend
durch deine Gedankenwelt schreiten
schreitend
auf die bunte Wiesenlandschaft blickend
sich der Gedanken vergewissernd
die liegend durch deine Glieder schritten
während die Wolken zogen ihre eigene Bahn
unbeeindruckt von den wortlosen Hülsen deiner
Brutstatt
ein dichter Nebel lässt sich auf der Wiese nieder
entzieht dem Farbenspiel sein buntes Gefieder
verbreitet Weis(s)heit
hier liegt das Bunt begraben, denkst du
es lastet ein Fluch auf dem Wiesengrund, willst du
meinen
du wendest dich ab, plötzlich und unvermittelt
fahr doch zur Hölle, rufst du aus
aber ist Nebel der Grund oder schlicht Benebe-
lung?
die Blumen blühen glanzvoll strahlend
die Wiese, sie ist bunt geschmückt
sie will sich zeigen, will sich laben
im Spiegel deines Blickes – verrückt!
liegend
auf einem Floß im Flusse treibend
Wolken gleich im weiten Himmelsmeer –
nur anders

CUT

Der Blick schweift über den See, die Wipfel der Bäume, das Feld, vom Gipfel des Berges ins Tal, von der Anhöhe auf die landschaftliche Komposition aus Wiesen, Wald und Flüssen. Der unverstellte Blick ins All, der blaue Himmel, wenige weiße Wolken mimen Bewegung. Keine Grenzen, keine Hürden, auch keine gedanklichen. Weit heißt frei, ungezügelt, ungebremst. Du kannst deinen Gedanken und Gefühlen freien Lauf lassen, leicht, licht und locker, schwebend, treibend wie Wolken im Wind. Du öffnest den Mund, weit wie zum Schrei, und alle deine Poren. Die nächste Brise, sie reinigt deine vom Müll des Alltags, den Alltäglichkeiten verschmutzte, verklebte Zunge, dringt ein in deinen sauren Körper, lüftet und durchdringt ihn mit Saft und Kraft, befreit deine Seele von Schwärze und Last, schenkt dir Leichtigkeit, Luft, Lust und Zuversicht, gibt dir zurück die Liebe zu dir selbst, dem Leben und den Lebewesen. Du spürst, du brauchst dich, so, wie du bist, jetzt, genau an diesem Kulminationspunkt der Leidenslosigkeit. Du hast dich gesucht und nur deshalb gefunden. Jetzt ziehe los, liebend das Leben in der wiederhergestellten Gänze seiner Schönheit und Potenziale. Die Speicher gefüllt mit praller Energie, voller Vertrauen in die Generalbalance eines Mobiles, das dein Dasein bestimmt. Vielfalt in der Waage. Ein und alles. Schlicht: Eins. Einig. Mit sich. Und damit: Ende der Pein!

CUT

Sei verträumt. Tagträume sind gemeint, schöne Träume. Wünsche, Visionen, Produkt spinnerter Fantasie. Nicht solche der Nacht, denen du unterliegst, die dich beherrschen, quälen, rütteln, schüttelt, fetzen, metzeln.

Tagträume, wer noch die Kraft besitzt, sie zu träumen, sind Auswege, Hoffnung auf das Neue, das Kommende, das Bessere als das Hier und das Jetzt. Neu heißt: Hoffnungen, die noch nicht enttäuscht werden konnten, Perspektive von Hoffnung, die deshalb noch möglich ist, weil neue Situationen stets den Eindruck erwecken, frei von allem und frei zu allem zu sein, weil die Idee von Leben und das Leben selbst noch eins sind, eins wie ein frisch verliebtes Paar.

Traum. Verwirklichung. Wirklichkeit.

Träume träumen, Bilder knipsen, entwickeln. Abzüge dieser Traumbilder in die Wirklichkeit übersetzen. Fährmann. Hol über!

CUT

Es war keinmal, da fanden sich alle Menschen gut so, wie sie waren. Sie hatten keinerlei Ambitionen, anders oder wie ein anderer zu sein. Jeder Mensch lebte mit sich und den anderen im Einklang, jenseits von Missgunst und Zwietracht. Respektvoll zog man den Hut vor der Andersartigkeit des anderen und genoss andererseits den Respekt, der dir von den anderen gezollt wurde.

Ja, du bist du, weil du anders bist als der andere.

Du brauchst die Andersartigkeit des anderen, um du sein zu können. Wenn dein Ich die Andersartigkeit nicht zulassen wollte, verzichtete es darauf, Ich zu sein. Anders sein heißt, etwas Einzigartiges und damit wertvoll zu sein. Du bist eine Besonderheit, weil nur du diesen, deinen Weg beschritten, nur du diese Konstellation von Begegnungen mit andersartigen Menschen zugelassen hast, während andere andere hatten, andere Wege gegangen sind und deshalb andere wurden.

CUT

Habe auf der Bühne gestanden, ohne deshalb schon Schauspieler zu sein
Habe Bilder gemalt, ohne schon Maler gerufen zu werden
Habe Regie geführt, ohne allein ein Regisseur zu sein
Habe Soziologie studiert, ohne deshalb schon Soziologe genannt zu werden
Habe Bücher geschrieben; bin ich deshalb schon Schriftsteller?
Habe das Theaterspiel gelehrt, ohne schon der Qualität Lehrer gerecht zu werden
Bin ein Schrank auf Rädern mit vielen halbgeöffneten Schubladen
Von Neugier getrieben, von Langeweile vertrieben

CUT

Aus dem Kinderstück „Susi, das Schwein, ist nicht dabei"
courage theater, Wiesbaden 1994:

Menschen, die nur Mauern bau'n
Man wird es uns kaum glauben
haben doch nur Riesenangst
Man könnte sie berauben

Wir brauchen keine Mauer
Keine
Mauer
Wir brauchen keine Mauer
Niemals! Nie!

Dem wer kommt und sagt zu uns
Wir bauen eine Mauer
strecken wir die Zunge raus
Und rufen: Wir sind schlauer

Wir brauchen keine Mauer …

Nein, das ist nicht unser Ding
Wir brauchen Luft zum Atmen
Mauern machen kurzsichtig
Die Steine sollen schlafen

Woll'n wir lieber Freunde sein
Freunde?
Ja, Freunde
Woll'n wir lieber Freunde sein
Freunde? Ja!

Ob rot, ob gelb, ob weiß, ob schwarz
Ja, bunt, so ist das Leben
Wer das nicht verstehen kann
Der soll es eben üben

Woll'n wir lieber bau'n ein Haus
Ein Haus?
Zuhaus'!
Woll'n wir lieber bau'n ein Haus
Für uns alle

Kommt doch alle mit herein
Zum Singen und zum Spielen
Ist das Haus auch noch so klein
Alle passen dort hinein
Wenn wir ein bisschen schieben

Wir brauchen keine Mauer
Keine
Mauer
Wir brauchen keine Mauer
Niemals! Nie!

Eins, zwei, drei,
wir sind frei!

Helga Mietz

Held des Tages

Noch eine Woche bis zu den Ferien. Konrad scrollt durch seinen Kalender. Was liegt an? Hinweise auf anstehende Aufgaben! Er öffnet den ersten Link. „Verdammt, der Drachen!" Dreimal wichtiger als eine Arbeitsanweisung. Einen Anpfiff von seinem Chef könnte er besser wegstecken als die Enttäuschung seines Sohnes und die spitzen Bemerkungen seiner Frau.

Er erinnert sich an endlose Diskussionen, ob der Drachen selbst gebaut oder gekauft werden sollte. Lars hatte natürlich den Drachen selbst bauen wollen. Immer wieder hatte er ins Feld geführt, dass sie im dritten Schuljahr mit der Klasse einen gebaut hätten, er wisse also, wie das gehe. Konrad konnte ihn nur mit Mühe davon überzeugen, dass ein gekaufter mit Carbonstäben stabiler sei und dem Wind auf der Insel besser standhalten könne.

„Du willst doch nicht, dass der Drachen gleich beim ersten Windstoß zu Bruch geht", hatte er gesagt und damit die Diskussion in seinem Sinne beendet.

Dass ihm – handwerklich unbegabt, wie er zugeben musste – davor graute, mit seinem Sohn einen Drachen zu bauen, hatte er während der Wortwechsel geschickt verbergen können. Letztes Jahr noch hatte er sich beim Zusammenbauen des neuen Schlafplatzes für Lars bis auf die Knochen blamiert. Seine Frau hatte einen Freund anrufen müssen, der innerhalb einer Stunde die Einzelteile zu einem Hochbett zusammenfügte, nicht ohne grinsend zu fragen, wie man eine Aufbauanleitung derart missverstehen konnte.

Zwei Tage später steht er mit Lars in einem Geschäft, wo unter allerlei Sportgeräten auch Drachen zu finden sind. Der Verkäufer führt ihnen mehrere Modelle vor. Konrad hat feste Vorstellungen. Der Preis, kein Thema! Solide soll er sein, unbedingt ein Lenkdrachen. Er hat bereits die Manöver vor Augen, die er fliegen wird. Nachdem der Kauf besiegelt ist, setzt der Verkäufer zu Erklärungen an, wie mit diesem Fluggerät am besten umzugehen ist. Konrad wedelt den angefangenen Satz mit der Hand beiseite.

„Ich habe als Kind selbst Drachen steigen lassen, in der Haseldorfer Marsch. Damit kenne ich mich aus, das verlernt man nicht."

„Wie Sie wollen", sagt der Verkäufer, „die Gebrauchsanleitung liegt bei, für alle Fälle."

Auf der Insel wählt Konrad einen breiten Strand aus. Als sie ihn erreichen, greift Lars nach der im Airbrush-Stil gestalteten violett-schwarzen Drachentasche. Konrad legt seine Hand auf die Tasche: „Bevor ich dir zeige, wie man den Drachen lenkt, muss ich ihn zuerst selbst fliegen. Dazu braucht man nämlich Kraft und Fingerspitzengefühl."

Konrad schält den Drachen aus der Verpackung, faltet ihn auseinander und schreitet damit in die Mitte des Strandes. Eine schwache Brise weht. Nun braucht er einen Starthelfer. Für Lars ist der Drachen zu groß, also muss seine Frau ran. Sie kniet sich in den Sand und hält den Drachen am Boden, mit der Nase nach oben. Konrad beugt seinen von der Büroarbeit verspannten Rücken, entrollt die beiden Leinen und legt sie in gerader Linie auf dem Strand aus. Hochkonzentriert umfasst er die Griffe und richtet sich auf. Ihm gegenüber, knapp 50 Meter entfernt, kniet Svenja, seine Frau und Helferin.

Lars hat mit seinem Bollerwagen, Taschen, Jacken und Decken am Fuß der Dünen eine kleine Burg errichtet und verfolgt mit gerecktem Hals das Geschehen.

„Kann losgehen", brüllt Konrad seiner Assistentin zu.

„Was?", schreit sie zurück.

Er fuchtelt mit den Griffen in der Luft herum: „Kann losgehen."

Svenja hält den Drachen fest. Konrad lässt die Griffe fallen und winkt seinen Sohn herbei.

„Lauf mal schnell zur Mama und sage ihr, dass wir starten können. Sie hätte den Drachen schon längst loslassen sollen."

Lars sprintet los. Es folgt ein gestenreicher Wortwechsel zwischen Mutter und Sohn.

Endlich nickt sie ihrem Mann zu. Er zieht die Leinen an; sie entlässt den Drachen mit einem leichten Schubs in die Luft. Nun braucht Konrad freie Bahn. Mit einer Kopfbewegung weist er in Richtung Dünen. Svenja versteht und geht zurück zur Burg.

Der Drachen steigt auf, verneigt sich, steigt weiter auf und verneigt sich erneut in Richtung Strand. Konrad spreizt die Arme weit vom Körper ab, um den Flug in Richtung Himmel zu steuern. Falsche Bewegung! Der Drachen stürzt zu Boden. Konrad sieht sich um. Wurde der Absturz beobachtet? Die anderen Drachenpiloten dirigieren ihre Drachen durch die Luft und achten darauf, großräumig Abstand zu ihm zu halten. Alle pressen ihre Oberarme an den Körper, die Unterarme im rechten Winkel nach vorn gestreckt.

„Aha, muss ich mir merken."

Mit einer Kopfbewegung, diesmal in Richtung der See holt er Svenja zu Hilfe. Sie eilt auf ihn zu.

„Starthilfe?", fragt sie.

„Sieht ganz danach aus", erwidert er mit grimmiger Miene.

Nach dem fünften Startversuch bleibt der Drachen in der Luft und Konrad bewegt die Griffe so, dass der Drachen abwechselnd nach rechts und nach links schwenkt. Dreieckig und stumpfwinklig erinnert er mit seinen geschwungenen Flügeln und seiner lila-blauen Grundfarbe an eine Fledermaus. Inzwischen herrscht starker Wind.

„Jetzt Loopings, das könnte Beifall bringen."

Kaum hat er den Gedanken zu Ende gebracht, reißt eine Böe den Drachen nach oben und seine Füße schweben plötzlich einige Zentimeter über dem Boden. Der Drachen und er hüpfen ein kurzes Stück den Strand entlang. Konrad lässt sich auf den Rücken fallen und wird über den feuchten Sand gezogen.

„Wenn ich mich nur irgendwo festkrallen könnte, doch die Griffe darf ich auf keinen Fall loslassen. Vielleicht nur einen Griff? Nein, das könnte das Ende meiner Vorführung sein. Keine Blamage jetzt!"

Endlich gelingt es ihm, seine Fersen in den Boden zu rammen und zu bremsen. Doch das reißt seinen Oberkörper nach vorn und er sieht sich schon in Bauchlage weitere Meter des Strandes pflügen. Mit aller Kraft wirft er sich nach hinten und türmt mit seinen Schuhen grabend einen kleinen Sandhügel als Prellbock auf, indem er rhythmisch seine Knie abwechselnd anzieht und nach vorn schnellen lässt. Seine Frau und Lars sitzen in der Burg am Dünenrand und schauen zu.

„So strampelte früher unser Lars, wenn er sich dagegen wehrte, vom Spielplatz nach Hause getragen zu werden", denkt sie.

Konrad beißt die Zähne zusammen. Der Drachen zerrt an ihm, doch der Mann hält stand, im Sand sitzend, die Füße gegen die aufgetürmte Sandwelle gestemmt. An eine Drachenchoreografie, wie er sie im Stillen als Vorführung für die Familie und gerne auch für weitere Schaulustige geplant hatte, ist nicht zu denken. Er spürt, wie seine Muskeln zu zittern beginnen. Lange wird er nicht mehr durchhalten. Bevor seine Kräfte vollständig nachlassen, spürt er, wie der Wind nachlässt. Langsam, immer noch die Griffe umklammernd, richtet er sich auf, strafft seinen Körper, streckt kurz die Arme, zieht sie wieder an und lässt den Drachen zuckende Schlenker nach rechts und nach links tanzen. Rückwärts gegen den Wind geht er über den Strand am Lager seiner Familie vorbei, den Drachen im bodennahen Flug. Er möchte den Drachen erneut in den Himmel schicken, doch die Drachennase bohrt sich vor der Burg in den Sand. Seine Familie bedenkt diese Verbeugung zum Ende der Vorstellung mit Beifall.

Konrad verbeugt sich ebenfalls und beschließt, für sich zu behalten, dass die Landung nicht ganz freiwillig zustande gekommen ist.

Irmela Mukurarinda

Nachkriegskind oder Vorkriegskind?

Warum fällt mir das gerade in diesen Wochen wieder ein?

Ich, Irmela Mukurarinda, Jahrgang 1949, aufgewachsen in der DDR.

„Du bist ein Nachkriegskind" hieß es häufig daheim. Vom Klang her – ein Privileg!

Meine Familie war etwas aufmüpfig, die gegen jedes Verbot West-Radio hörte und Westfernsehen sah. Dreimal habe ich in meiner Kindheit und Jugend übers Erzählen oder durch die Medien erfahren, wie sowjetische Truppen in Ost-Berlin 1953, Ungarn 1956 und in der damaligen Tschechoslowakei 1968 Aufstände mit Panzern niederwalzten. Nachdenklich besorgt schaute dann der Großvater auf mich. In seinen Augen die Frage: „Nachkriegskind oder Vorkriegskind?

Die 1960er Jahre im Westen: Jahre des Aufbruchs und der Proteste, Jugendunruhen, Studentenunruhen, Attentate: Martin Luther King, die Kennedys, Rudi Dutschke.

1968 im Osten: Ich hatte mein Abitur in der Tasche – Reifezeugnis! Ich wusste, dass ich ab September in Ost-Berlin studieren würde. Ein wunderbarer Sommer lag vor mir, wenn, ja wenn die Sache in der Tschechoslowakei nicht gewesen wäre.

Prager Frühling! Frühling! Doch nun hatten wir schon Sommer – kommt da nicht auch irgendwann Herbst ... Winter – mit Frost und lastendem, belastendem, alles bedeckendem Schnee – weiß, wie eine Totendecke?

Tschechoslowakei – Prag: *mein* Prag. Mit sechzehn war ich zum ersten Mal dorthin getrampt. Karlsbrücke, Teynkirche, der überwucherte jüdische Friedhof und das dunkle süffige Bier in den Theaterkellern der Stadt.

Und: ein Regierungschef Dubcek, der diesen verkrusteten Sozialismus aufzuweichen versuchte. So viele Hoffnungen verknüpften sich mit dem Namen Dubcek, gerade bei uns jungen Leuten! Und nun drohte die Sowjetarmee samt ihren Bruderländern, wie die DDR, mit einem Einmarsch der Truppen und der Niederschlagung aller Träume und Sehnsüchte nach Veränderungen.

Anfang August 1968 habe ich zusammen mit anderen Jugendlichen durch „Aktion Sühnezeichen" für zwei Wochen in der sächsischen Kirchengemeinde Einsiedel gearbeitet.

Aktion Sühnezeichen – ein gesamtdeutsches Kirchen-Projekt. Geboren aus Scham und dem Wissen, während der Untaten des Nationalsozialismus versagt zu haben.

Sühne – altmodisch, ich weiß – bedeutete damals für mich: nachdenken, tatkräftig arbeiten, gemeinsam etwas tun.

Jugendliche aus verschiedenen Ländern kamen in ehemaligen Konzentrationslagern zusammen, halfen, diese Anlagen von Gestrüpp und Unkraut freizuhalten, hörten von Vergangenem, beteten, redeten und lachten miteinander.

Westliche Jugendliche arbeiteten in Israel, Österreich, Griechenland, Polen, Ungarn, Niederlande, überall dort, wo NS-Verbrechen stattgefunden hatten. Für DDR-Jugendliche ging mit Aktion Sühnezeichen nur DDR – nie ein KZ!

Sommer 1968: die Kirche von Einsiedel hatten wir „trockenzulegen", rund um die Außenmauern mit Schaufel und Spaten einen breiten Graben entstehen zu lassen. Knochenarbeit – auch Jugendliche aus der Kleinstadt waren mit dabei. Wir Fremden wurden in Privathaushalten untergebracht – liebevoll aufgenommen, mit Essen vollgestopft. Da das Wetter sich auf unsere Seite schlug, war der Pfarrgarten abends unser ständiger Treffpunkt.

Zwei Jugendliche aus der Tschechoslowakei gehörten zur Gruppe: Jan, der Slowake, Ewa kam aus Prag. Jan erzählte viel von daheim, war stolz, dass auch Dubcek Slowake war wie er. Ewa sprach eher von den Unruhen und von der Angst um ihre Eltern. Beide hatten die deutsche Sprache von ihren Großmüttern, den Babuschkas, gelernt.

Schlagartig war alles vorbei! Der Bürgermeister kam an einem Vormittag mit dem dortigen Parteisekretär an die Kirche: „Unter ihnen sind zwei tschechisch-slowakische Staatsbürger. Unverzüglich, ich wiederhole, unverzüglich haben sie die DDR zu verlassen. Heute Abend dreiundzwanzig Uhr steht ein Bus auf dem Marktplatz, der sie nach Hause bringen wird. Wenn sie sich nicht pünktlich einfinden, werden sie von den staatlichen Organen der Deutschen Demokratischen Republik hier abgeholt."

Den Rest des Tages haben wir abwechselnd geheult, geschimpft, gesungen, alle drei Stunden läuteten wir aus Protest die Glocken. Die lauten Töne spuckten förmlich unsere Wut und Ohnmacht durch den Ort. Die Gasteltern und viele andere aus Einsiedel kamen um 20 Uhr in die Kirche, wohl wissend: Da werden auch Stasi-Leute dabei sitzen.

Ganz hinten, in den beiden letzten Reihen, links und rechts an der offenen Kirchentür, diese so alltäglich aussehenden grau-gesichtigen Männer.

Nach Ende des Gottesdienstes blieben sie sitzen, wir mussten alle an ihnen vorüber.

Kurz vor 22 Uhr 30 machten wir uns auf den Weg zum Marktplatz. In dem kleinen Städtchen ist nichts weit. So fünfzig bis sechzig Jugendliche, Erwachsene, wir standen eng beisammen. An einer Seite warteten bereits vier oder fünf Leute mit Koffern und Taschen, die von Ewa und Jan zu uns herübergeholt wurden. Sie redeten leise miteinander. Nicht weit von uns ein großer Polizeiwagen, daneben zwei kleinere. Hinter den Scheiben nur Schatten. Davor Bürgermeister, Parteisekretär und

eben diese Männer, von denen man wusste, na ja
…! Vom Bus noch nichts zu sehen. Kaum Geräusche, die Stadt schien zu schlafen! Keine Beleuchtung auf dem Marktplatz, Dunkelheit, Nacht. Kein Licht hinter den Fenstern. Oder waren die Fensterplätze hinter den Scheiben besetzt?
Wir standen bedrippt herum. Ewa weinte, Jan flüsterte mit den Jungs.
Die ruhige Stimme des Gemeindepfarrers. Er versorgte uns mit alten Kerzen, dicke weiße heruntergebrannte vom Altar, rote Stumpen von Adventskränze vieler Jahre. Auch die Gemeindemitglieder packten ihre Kerzenreste aus. Eine bunte Mischung. Selbst der Wind schlief, hatte sich mit uns verbündet. Ungehindert ließ er uns die Kerzen entzünden, die wir auf den Boden zwischen und auf dem Kopfsteinpflaster festtropften. Die Lichter bildeten das Zeichen der Jungen Gemeinde in der DDR: Weltkugel mit einem Kreuz oben drauf. Der Pfarrer stimmte den Kanon an, den wir jeden Tag zur Abendandacht gesungen hatten, dreistimmig, leise, unsicher, immer lauter werdend. *„Fenster zu!"*, brüllte der Bürgermeister dazwischen! Vorsichtiges Klirren von allen Seiten.
Der Bus! Bedrohlich dröhnend, nur mit Standlicht. Kaum saßen Ewa, Jan und die andern drin, fuhr er ab. Die Stasi-Männer zertrampelten die Kerzen auf dem Kopfsteinpflaster.
Lange noch blieben die weißen, gelben und roten Kerzenreste mit ihrer so eigenen Symbolik zwi-

schen und auf den Steinen, wie die Einsiedler Jugendlichen uns später in einem Rundbrief schrieben.

In meinen Träumen sehe ich sie heute noch! Und ich merkte mir fürs Leben: Sehnsucht nach Freiheit kann man nicht tottrampeln.

Wieder daheim die Nachrichten, dass die sowjetischen Truppen am 21. August über den Wenzelsplatz rollten und schossen, die Soldaten der Nationalen Volksarmee der DDR einsatzbereit an der Grenze nur auf den Befehl des Einmarsches warteten. Die Selbstverbrennung des jungen Jan Palach auf dem Wenzelsplatz brachten nur die West-Medien.

In mir die Angst ... wie heute:

Nachkriegszeit oder Vorkriegszeit?

Brigitte Neumann

Die Krise und ich – Typanalyse

Vom freien Journalismus, wie er bislang betrieben wurde, kann man nicht mehr leben. Aber wovon dann? Zeit für eine Typanalyse.

Ich bin ein Wechsler, jedenfalls laut Persönlichkeitstest. Dieser Persönlichkeitstest ist die Grundlage für einen Fünf-Tage-Workshop mit dem Titel „Selbstvermarktung für arbeitslose Akademiker". Wechsler langweilen sich schnell, brauchen immer was Neues und haben den Kopf voller Ideen, erklärt der Dozent. Klingt gut. Aber! Der Wechsler im Extrem ist ein Chaot und kriegt nix mehr gebacken. Fast alle Teilnehmer sind Wechsler, was ganz plausibel scheint. Vor lauter Abwechselbedürfnis haben wir keine Arbeit mehr. Nur M., mein schwuler Sitznachbar, ist Distanzler. Das sind die Menschen, die zum Chef-Sein geboren sind, sagt der Dozent. M. fragt, wie denn in diesem Fall die pathologische Form aussähe: Elfenbeinturm, kommt's zurück. Isolation. M. zuckt. Ihm entfährt ein kleiner Seufzer „Oh". Als hätt' er's befürchtet.

Zur Auswahl stehen noch die Typenkategorien Nähe (Extrem: Symbiose, Selbstaufgabe, Krankenschwester) und Dauer (Extrem: Erstarrung, der ewige Buchhalter).

Aus den Werten für jede Eigenschaft ist auf dem Testbogen ein Viereck zu bilden. C., der rumänische Ingenieur, hat ein beinahe gleichschenkliges Gebilde auf seiner Skala eingezeichnet – ein ausgewogener Charakter, bedeutet das. Dabei kann C. nur verschwommen Deutsch, will auf keinen Fall von Hamburg weg und hat ein Foto auf seinem Lebenslauf – massive Brust, rasierter Schädel – darauf sieht er aus wie ein sowjetischer Plansollerfüller.

Wir gehen auch die Antreiber durch: Mach schneller, mach keine Fehler, mach's besser. Bei annähernd 40 Punkten droht Depression, Burnout, Infarkt.

Der freundliche Dozent hatte gerade einen. Unter seinem Hemd brummt alle zehn Minuten ein Apparat, der den nächsten verhindern soll.

Der Co-Dozent erzählt uns von seiner Scheidung, der ein Herzinfarkt folgte.

Die Geschäftsführerin hat ein Glasauge und das Institut hat seinen Spitznamen weg: Heart-Break-Hotel.

Im Kurs bin ich die einzige freiberuflich Arbeitsuchende. Das heißt, ich habe noch was zu tun, aber zu wenig. Zu wenig Aufträge für Buchkritiken, von denen ich mal gelebt habe. Das ist vorbei. Jetzt mach ich, was ich kriegen kann.

Zum Beispiel im Januar. Gleich zu Jahresbeginn drei Tage lang Feuerwehrmänner in Rhetorik unterrichten. Dann hat mich eine Fotografin auf der Straße angehauen, ob ich nicht Frisurenmodell für „Bild der Frau" sein will. Thema: graue Haare.

Klar, ich will. Ich muss wollen. Eine nette Türkin fuhr mir ins Auto. Der Lackschaden brachte fast den Gegenwert der Miete auf die Hand, außerdem eine Packung „After eight" und – bei einem Kaffee – interessante Einblicke in den Berufsalltag einer Bankberaterin, die es kaum noch aushält, laufend Omas übers Ohr zu hauen. Dann: Eine Woche Pressereise durch Ostdeutschland auf den Spuren von Carl Philipp Emanuel Bach. War zwar kalt, aber – psst – es gab gutes Essen für lau. Allerdings: keine Einnahmen. Journalistisch hab ich auch gearbeitet: Eine Filmkritik für den NDR. Dann mein absoluter Lieblingsjob: Jeden Monat moderiere ich zwei öffentliche Literaturdebatten. Im Januar ging es um Christa Wolf und Fatou Diome. Termin und Titel gebe ich vor, sie stehen in der Zeitung. Jeder, der das Buch gelesen hat, kann kommen und mitreden. Insgesamt vierundvierzig Leute haben das im Januar getan. Ein Buch gekauft, gelesen, Eintritt gezahlt, auf den Fernsehsessel verzichtet. Diesen Job hab ich mir ausgedacht. Würde ich gerne jeden Abend machen.

Der laufende Monat sieht auch noch ganz rosig aus. Außer diesen Kolumnen hier schreib ich eine Buchbesprechung für den ORF, gebe einen Rhetorikworkshop und veranstalte wieder die beiden Literaturabende.

Aber im März steht noch kaum etwas auf dem Plan.

Journalismus, wie er bisher betrieben wurde, ist

kein Geschäftsmodell mehr, schreibt Constantin Seibt im neuen „Journalist". Stimmt. Und zwar vor allen Dingen für Inhaltelieferanten wir mich. Die Redakteurin der „Neuen Züricher Zeitung" bedauert sehr, dass sie das Zeilenhonorar schon wieder nach unten korrigieren muss – auf nicht mal 200 Euro für eine halbe Zeitungsseite. Das letzte Mal, als ich für die „Süddeutsche" schrieb und nach dem Honorar fragte, antwortete die Redakteurin, das wisse sie nicht. Danach frage niemand mehr. Es sei ein Privileg, für die „Süddeutsche" zu arbeiten. Mein Redakteur beim Österreichischen Rundfunk sagt nicht Privileg, er sagt Ehrenamt. Literaturkritik sei heutzutage ein Ehrenamt. Einer vom Bayerischen Rundfunk hingegen meint, bald würden eh die Oberstufenlehrer die ganze Kulturkritik übernehmen – Literatur, Theater, Musik, Ausstellungen. Sind ja schließlich auch studierte Leut.

Journalismus ist kein Geschäftsmodell mehr. Und Literatur, sagt der amerikanische Großschriftsteller Philipp Roth, wird in zehn Jahren für die Menschen so attraktiv sein wie ein lateinisches Gedicht heute. Meine Mutter, mit der ich jeden Sonntag telefoniere, kennt Philipp Roth nicht, ist aber seit ein paar Jahren ganz grundsätzlich gegen Untergangsgerede jeder Art. Auch was meinen Beruf angeht. „Ja schon", sie muss zugeben: „Der Hanauer Anzeiger, der ist schon dünner als früher. Aber die Anzeigenseiten, die sind sogar mehr geworden.“ Ich frage nach, ob sie sich da nicht täusche. „Nö, hier ...“, ich höre, wie sie nach der Zeitung angelt und blättert, „fünf Seiten Todesanzeigen, und das ist jeden Samstag so, das waren doch früher höchstens zwei. Weiste net mehr?“

Julia Nolte

Dodo geht fremd – Das Gegenteil von bunt

Dodo steht um zwölf Uhr zehn vor dem Ibis-Hotel in der Innenstadt. Schon seit zehn Minuten wartet sie auf Stephan. Die ersten Büroleute haben Mittagspause und kommen aus ihren Löchern, um sich Salate in Pappschalen zu holen. Dodo ist dagegen noch ganz beduselt, sie ist eben erst aufgestanden und hat es gerade noch geschafft, einen ordentlichen Kaffee zu trinken. Sie weiß, dass Stephan schon um sechs Uhr aufsteht, um sich zu duschen, seine Kinder aufzuwecken, ihnen Butterbrote zu schmieren und sie für die Schule fertig zu machen. Stephan geht dann zum Fachamt für Tiefbau und Verkehr, wo er arbeitet, und hat ebenfalls um zwölf Uhr Mittagspause.

Dodo fühlt sich komplett verloren. Sie setzt sich auf einen hässlichen Blumenkübel, um einigermaßen locker auszusehen. Versetzt er sie? Als sie das denkt, kommt er schon angeradelt mit seinem 1.000-Euro-Rad und einer obligatorischen Marken-Kuriertasche. Schon von Weitem fällt auf, dass seine weiße Haut mit einem nervösem roten Ausschlag versehen ist. Sein Haar ist nicht richtig gekämmt und liegt wirr durcheinander. Es ist halb nass, wurde nicht zu Ende geföhnt. Beim ersten Treffen vor ein paar Wochen wirkte Stephan deutlich entspannter und aufgeschlossener, einsichtig in das Elend seines Daseins, fertig zum Bereuen und zum Bedauern. Jetzt wirkt er wie der emsige Beamte, der er wohl tatsächlich ist. Immerhin strahlen seine kindlichen, blauen Augen und lassen Dodo die Umarmung doch ganz angenehm finden. Die osteuropäische Dame an der Rezeption ist noch sehr jung und begrüßt beide freundlich. Dodo geht ein paar Meter weiter weg, um so zu tun, als hätte sie mit der Sache nichts zu tun. „Wie ist Ihr Name?", fragt die Hotelfrau. ‚Ich hab keine Ahnung, wie sein Nachname ist, und es interessiert mich auch gar nicht‘, denkt Dodo. Die Hotelfrau holt einen langen Zettel raus, auf dem einiges ausgefüllt werden muss. Sie wirkt auf einmal peinlich berührt, wahrscheinlich, weil sie jetzt erst sieht, dass das Zimmer nur bis vierzehn Uhr gebucht ist. Dodo versucht sich unhurenhaft zu benehmen, aber hat gar keine Ahnung, wie das geht. Sie verschränkt ungeduldig die Arme, so als würde sie die genervte Ehefrau spielen. Stephan wirkt aber noch deutlich verlorener, seine Hand zittert, als er den Kugelschreiber hält. Dodo kann kaum hingucken. Alles, was in den nächsten Stunden passiert, kann nur in einer Katastrophe enden. „Und jetzt unterschreiben bitte auch Sie", sagt die Rezeptionsfrau mit einem prüfenden Blick. „Brauchen Sie einen Beleg?", fragt sie noch. „Nein!", sagt Dodo demonstrativ. Wie die zwei letzten Idioten suchen Dodo und Stephan erst mal das richtige Zimmer. Das Hotel will so tun, als sei es gehoben und edel. Hellbraunes Billig-Holz und Tische aus

Glas verströmen jedoch den praktischen Flair der 1990er Jahre, dazwischen immer diese hässlichen Skyline-Gemälde. Falls die Touristen einmal vergessen, in welcher Stadt sie sind. In der hintersten Ecke haben sie endlich ihr Zimmer gefunden, Nr. 001, zwischen Keller und Erdgeschoss. Nur eins weiter von der allgemein zugänglichen Toilette. Dodo wünscht sich gerade, sie wären einfach zusammen etwas trinken gegangen, aber es ist zu spät.

Von innen ist das Zimmer eigentlich ganz okay. Hell und freundlich, man blickt in den Innenhof, in dem unten die Küchenleute rauchen und Pause machen. Oben schaut man geradewegs in die Büros und Arztpraxen der Nebengebäude. Ein Mann im schwarzen Rollkragenpulli tippt einfrig in sein MacBook, wahrscheinlich hat er ein Abgabedatum einzuhalten. „Was für ein schreckliches Zimmer!“, beschwert sich Stephan. „Dieses billige Holz und dieser spießige, cremefarbene Teppich!“
„Ich find's okay“, sagt Dodo. Sie zieht ihre roten Pumps aus und legt sich gähnend auf Bett, so als hätte sie gerade eine lange Wanderung hinter sich gebracht. Stephan redet irgendwas von Kindermöbeln mit hochwertigem Holz. Dodo versucht nicht hinzuhören. „Bist müde?“, fragt Stephan erstaunt. „Ja, ehrlich gesagt schon.“

„Tsss! Bin schon seit Stunden auf den Beinen, die Kinder haben heut’ Morgen nur rumgequängelt! Aber jetzt ist Schluss damit, ich hör schon auf.“
Dodo tut der arme Stephan leid. Es wirkt so, als sei er gerade aus einem Kriegsgebiet gekommen. Mitleid ist immer gut für eine Frau, um grundsätzlich einen Sinn darin zu sehen, sich einem Kerl zu nähern. Aber es trägt auch nicht sonderlich weit. Dodo zieht ihr Kleid aus. „Is’ zu warm!“, sagt sie. Unterm Kleid kommt eine heiße Korsage der verruchten Art zum Vorschein. „Vorhänge zu!“, zischt Stephan nervös. „Is’ ja gut“, sagt Dodo. Sie ist fast ein bisschen traurig, dass der Rollkragenmann nicht zugucken kann. Wär ja doch interessanter für ihn gewesen als zu arbeiten. Dodo schmeißt sich auf Stephan drauf, der mittlerweile ebenfalls auf dem Bett liegt und jede Sekunde ein wenig glücklicher aussieht. Dodo merkt, wie langsam ein Druck von ihm abfällt. Andererseits aber spürt sie immer noch die Schwere des Spießer-Daseins, dem er tagtäglich ausgeliefert ist. Dieser ganze Scheiß kommt geballt auf sie zu, verpestet den Raum. Beim letzten Mal ist es ihr nicht so schlimm vorgekommen. Gut, da war es auch Nacht und Alkohol war im Spiel. Schade, dass es jetzt anders ist.
Ein neues Bild dieses Mannes verfestigt sich unweigerlich in Dodos Vorstellung: Im Grunde ist er nur ein Roboter, eine Maschine, die rein im Sinne der anderen programmiert und eingestellt wurde.

Das, was jenseits der Maschine ist, liegt längst am Boden, ist niedergemalmt, fast schon tot. Und Dodo soll es jetzt wiederbeleben. Ein schockierender Gedanke. Eigentlich wollte sie doch Spaß haben und nicht die Sozialarbeiterin spielen. Oder wollte sie das doch? Mann ist Mann, sagt sich Dodo letztlich: Hier liegt ein Typ mit Penis und das ist die Hauptsache, das war es doch, was ich wollte, und mehr wurde weder besprochen noch versprochen. Dodo entkleidet ihn langsam, öffnet seinen Gürtel. Sie versucht, ihm nicht so oft ins Gesicht zu gucken. Stattdessen erkundet sie lieber seine schönen Körperteile. Seine weiße Haut ist ganz weich, wirkt fast so, als hätte sie noch keiner vor ihr berührt. Sie ist mit vielen niedlichen Leberflecken versehen. Hingebungsvoll wie eine gute Krankenpflegerin zieht sie ihm die Hose vom Leib und knöpft sein Hemd auf. Erst findet er es gut, aber dann übernimmt er hektisch, will offenbar die Oberhand behalten. Ein guter Patient ist er wahrlich nicht. Nun liegt er da auf dem Rücken, nur noch in Unterhose. „Dreh dich mal um! Will doch auch mal deine Rückseite sehen!", sagt Dodo mit durchaus gespannter Erwartung. Stephan lacht. Was sich nun in Dodos Sichtfeld auftut, ist ein riesiger Schocker: Auf der weißen Baumwollunterhose zeigt sich ein fetter brauner Bremsstreifen mit ganz viel Gelb darunter! Dodo verkrampft und erstarrt. Das gibt es doch nicht! Will Gott mich strafen? Für einen Moment überlegt sie, alles hinzuschmeißen und dieses Hotel auf schnellstem Wege zu verlassen. Doch wo ein Wille ist, da ist auch ein Weg. Mit spitzen Fingern zieht sie das schmutzige Teil schnell herunter und versteckt es unterm Bett. Wie zum Teufel hat er das überhaupt geschafft? Aber das Dummerchen bekommt von nichts etwas mit. Es sei ihm gegönnt. Dodo fasst sich ein Herz und zieht nun auch blank. Stephan dreht sich um und schaut wie gebannt auf ihre großen Brüste. Als wenn sich auf einmal ein Schalter umlegen würde, fängt er an wie ein Vogel auf sie einzupicken. Küssen kann man das kaum nennen. „Heyhey, langsam!", ermahnt ihn Dodo. Es wirkt ein bisschen, als sei das sein allererstes Mal mit einer Frau – als sei er vierzehn und nicht vierzig. Wie wild knutscht er nun auch auf ihren Mund ein, sehr feucht. Das ist wohl sein Begriff von Leidenschaft. Dodo liegt da und überlegt, wie sie um Himmels Willen dieser Situation noch eine positive Wendung geben könnte. Sie versucht schließlich einen Frontalangriff: „Hey, mach mal ruhig! Lass mich mal ein bisschen machen, Süßer!" „Okay", grummelt Stephan, auch wenn er sich auch jetzt wieder sichtlich vor den Kopf gestoßen fühlt. Offenbar kennt er solche Ansagen nicht. Wie ist er nur mit der Masche eines Wahnsinnigen durch die letzten Sexualbeziehungen gekommen? Immerhin muss es bei drei Kindern ja mindestens dreimal jemand mit ihm getrieben haben. Dodo versucht die langsame Tour, streicht ihm

über Arme und Beine. Vielleicht kommt dann so was wie richtiges Gefühl auf. Seine Arme sind tatsächlich top, muskulös, aber nicht auf Teufel komm raus, zart und unschuldig zugleich. So ähnlich wie bei Andi. Ach, Andi. Aber auch nach einigen ruhigen Minuten voller ehrlich zugewandter Streicheleinheiten, tut sich bei Stephan gar nichts. Sein Geisteszustand bleibt der gleiche. Keine Meditation, keine Gedankenreise, kein kreativer Funke erreicht diesen Holzkopf. Er sitzt stattdessen mit einem Überehrgeiz in den Startlöchern und schmeißt Dodo wie ein Ringkämpfer auf die Hinterseite. Dodo dreht den Kopf weg, damit ihr wenigstens die pickenden Knutscher erspart bleiben. Als Gegenangriff packt sie direkt in seinen Schritt, greift seinen Schwanz ohne jegliche Scham. Und nicht nur auf Dodo hat das einen großen Effekt. Gibt er nun endlich auf? „Hast du Gleitgel dabei?", fragt er. „Nö, hab ich noch nie gebraucht!", antwortet Dodo großkotzig.
Stephan lacht wieder. Er versucht, langsam in sie einzudringen. Außen ist sie tatsächlich feucht, doch weiter hinten fängt es an wehzutun. Oh, Mist, was ist los? Das gab es noch nie! Stephan entschuldigt sich. Sie starten einen zweiten und dritten Versuch. Beim dritten Versuch gelingt es endlich, aber nur weil Dodo selbst bei sich Hand anlegt. Was dann folgt, ist trotz allem, wer hätte das gedacht, ein überwältigendes Highlight. Dieser Tsunami an Gefühl, der über Dodo mit einem Mal

hereinrollt, entschädigt für alles, sogar die schmutzige Unterhose, und bringt die Hoffnung mit sich, dass hier doch noch zwei Menschen auf sinnvolle Weise zusammenkommen. Stephan und Dodo haben Sex, ganz im klassischen Sinne, und halten sich gegenseitig fest, als würden sie sich aus irgendeiner Not retten wollen. Wie konnten beide nur jemals darauf verzichten? Aber schnell wird der Tsunami auch schon wieder zur kleinen Pfütze. Was folgt, ist der glasklare Eindruck sinnloser mechanischer Bewegungen in einem Hotelzimmer. Das Bett hüpft auf und ab, es riecht nach Putzmittel, das schlecht gemalte Porträt eines Apfels hängt neben der Tür. Dodo wird unweigerlich klar, dass sie gerade mit einem Menschen zugange ist, für den sie keinen Pfifferling hergeben würde. Immerhin hätte Dodo in diesem Zustand ewig weitermachen können, ohne sich gut oder schlecht zu fühlen. Ja, genau so muss es für eine Hure sein! Dodo überlegt, ob das doch ein passender Beruf für sie wäre, vielleicht ist sie ja ein Naturtalent. Und es würde etwas mehr Geld geben. Na ja, die Kerle müssten dann immer vorher duschen und außerdem müsste man ein Führungszeugnis verlangen. Besser also, da ist eine Agentur im Spiel und vielleicht auch ein Sicherheitsknopf. Und dann würde Dodo auch tatsächlich die Belege über Hotelkosten mitnehmen und diese Kosten von der Steuer absetzen. Oder sind das Betriebsausgaben?

Bei all diesen Gedanken kommt der Kerl über ihr zum Höhepunkt. Sie hatten vorher darüber gesprochen, dass sie die Pille nimmt und beide sich gegen alle möglichen Geschlechtskrankheiten testen. Und so strömt sein Erbgut ungehindert in sie hinein.

Der Typ lehnt nun schwitzend am Bettrand, hat sich ja auch ordentlich abgerackert, das muss man ihm lassen. Wenn man sich für den anderen nicht wirklich interessiert, ist es schon von Vorteil, eine Frau zu sein. Für ein paar Minuten herrscht absolutes Schweigen. „Bist du auch gekommen?“, fragt er. Dodo lacht. „Ich glaub, das wird schwierig.“
„Warum?“, fragt Stephan.
„Egal!“, sagt Dodo.
„Nein, ist nicht egal! Dein Organsmus ist mir wichtig!“, sagt er bedeutungsvoll.
„Aber mir selbst ist er nicht wichtig und das hast du zu akzeptieren, verstanden!“ Man könnte meinen, dass Stephan wegen Dodos herrischer Worte jetzt traurig oder beleidigt ist. Aber diese Art von Widerstand nimmt er gar nicht wahr. Jede Gewitterwolke prallt an seinem Stahlgehäuse ab. „Möchtest du mal meine Kinder sehen?“, fragt er stattdessen. Dodo glaubt, sich verhört zu haben. Alles was jetzt kommt, ist für sie nur noch Sozialstudie. Der Kerl holt ein Foto aus seinem Portemonnaie, auf dem drei Kinder in einem Fotostudio wie die Orgelpfeifen aufgereiht sind. Alle haben

dunkelblonde Haare, sehen auch sonst relativ gleich aus. Alle machen irgendwelche Faxen, wirken erstaunlich lebendig und vergnügt. Haben sie die Lebendigkeit des Vater ausgesaugt? Dodo zeigt wahllos auf das Foto: „Der da ist süß." „Das ist eine Sie!", korrigiert Stephan empört. Dodo lacht. „Sie heißt Merlin!" Dodo lacht noch lauter. Stephan ist immerhin so schlau, das Bild wegzulegen. „Ich weiß nicht, wie ich dein Lachen deuten soll.", sagt er bedröppelt. „Ach, das ist nichts Schlimmes", sagt Dodo. Und Dodo meint es auch so. Stephan lächelt. „Du bist übrigens die zweite Frau, mit der ich überhaupt je geschlafen hab." Dodo wird hiermit einiges klar. Sie ist schon öfter solchen Männern begegnet. Sie denken immer, dass alle Frauen gleich funktionieren. Eine grobe Fehleinschätzung. „Für mich ist das auch alles nicht so leicht. Wegen dem Fremdgehen und so", fügt Stephan hinzu und starrt gedankenversunken an die Decke. „Naja ...", beginnt Dodo, „willst du es deiner Frau nicht einfach sagen? Vielleicht versteht sie es ja. Ihr liebt euch doch. Und wir lieben uns nicht. Warum also machst du so ein Riesending draus?" Stephans Kopf wird völlig rot. Dieser Vorschlag gefällt ihm gar nicht. „Wie bitte?! Nach zwanzig Jahren Ehe? So was kannst du einfach nicht verstehen! Was man da für ein Vertrauen miteinander aufgebaut hat! So was kennst du gar nicht! Das kann man nicht einfach mit einem Mal zerstören!" Dodo lacht schon wieder. Aber diesmal mit einem bitteren Unterton. Jetzt hat sie definitiv keinen Bock mehr. Sie steht auf und zieht sich ihre Klamotten an. Stephan tut das Gleiche. „Ich muss jetzt auch wieder weg", sagt er nüchtern. Dann kommt er nochmal ganz nah an Dodo heran, will offenbar Frieden schließen. Er drückt ihr einen dicken Schmatzer auf die Stirn. „Es war sehr schön mit dir, Dodo! Das Ganze hat mir sehr gut getan. Du wirst es nicht glauben, aber noch nie hat mich eine Frau so zärtlich behandelt! Und ich hab noch nie im Bett mit einer Frau so viel gelacht. Aber nächstes Mal sollst du dann auch kommen. Das werd ich schon irgendwie hinkriegen, versprochen!"

Draußen vorm Hotel geht Dodo sicher, dass das Beamtenrad davongeradelt ist, und trinkt einen befreienden Pfefferminztee in der nächsten Bäckerei. Die Sonne ist jetzt richtig herausgekommen, der Tag ist nun nicht nur halb, sondern ganz da. Das Leben in ihren Adern pulsiert und ihre Erkenntnisfähigkeit ist so scharf wie ein Rasiermesser. Das, was eben im Hotel passiert ist, ist nicht der Rede wert. Aber dass hier, in der Bäckerei, die kleinen Tauben durch die Tür kommen und nach Brotkrumen suchen, dass sie wie kleine Dampfschiffe von Tisch zu Tisch fahren, das kommt ihr weitaus bedeutungsvoller vor. Natürlich irrt sich Dodo. Das eine führt zum anderen.

Ute M. Pfeiffer

Fünf geDichte

Als die Menschen noch

Als die Menschen noch in Steinen lebten,
        herrschte Stille auf der Erde,
        dass sie immer lichter würde,
            unbegrenzt und schön.

Als die Menschen noch in Lüften schwebten,
        herrschte Leichtigkeit auf Erden,
        dass sie immer bunter würde,
            Düfte blieben stehen.

Als die Menschen noch vor Staunen bebten
        und es unbegreiflich war,
        dass der Mensch die Welt beherrscht,
herrschte Freundlichkeit im All.

Die Welt im Kleinen

Manchmal
blinkt morgens
ein klitzekleines Tröpfchen
im grüngrünen Gras,
und
wenn dann noch
die Kraniche rufen,
klingt die Welt im Kleinen
wunderbar.

Zeit für Wechsel

Unverrottbares auf dem Komposthaufen am
Grenzstein,
wo sich jetzt der Gartenrotschwanz putzt.
Die kropfige Häsin ist tot, die Katze arthritisch
und träge.
Die Bälle der Nachbarskinder landen immer
häufiger über dem Zaun.

Aber noch verharren die Kinder nicht im
Mirabellenbaum,
noch lehnen sie keine Spielgeräte ans morsche
Hüttchen,
noch schmücken sie den metallenen
Schuhabstreifer, einen Dackel,
nicht mit Leine, Laibchen oder Schleife. Noch ist
Zeit.

Gegen die Angst

Eine Formation Gänse
fliegt niedrig über uns hinweg,
ihr Gesang
wie eine schützende Hülle
um uns herum.

Solch ein Brief

Wie schade,
dass ich dir nicht den Lindenblütenduft
und die Windgeräusche,
die seidige Luft
und sogar
das Schwälbchengeschrei schicken kann,
das Wippen der Bachstelzen ab und an
und das Gekräusche
von einem Fasanenhahn!
Solch ein Brief jetzt gerade
wär wunderbar!

Christina Plischka

Vom Finden

*Wie ein wildes Tier, eingesperrt in einen Körper,
der auf Zurückhaltung dressiert wurde.*

Du hast dich mir mit einem Turm von Büchern
zwischen den Händen genähert. Jetzt stehst du neben mir und räumst die Bücher in das Regal vor
uns. Ein Buch nach dem anderen. Dein Blick ist
nach vorne gerichtet, du schaust nicht zu mir.
Und trotzdem kann ich deinen Blick spüren. Du
blickst nicht zur Seite, du blinzelst nicht, du
schaust nach vorne. Und doch fleht mich dein
Körper an, in dieser gleich getakteten Bewegung,
die er ausführt, zu dir hinzusehen. Und er zwingt
mich in die Wahl der ersten Worte. Für mich ist
diese Wahl neu und doch treffe ich sie. Silbe für
Silbe. Es scheint dein Spiel zu sein und du bringst
mich dazu, mitzuspielen.

Später, zuhause, gehe ich unser Gespräch gedanklich durch. Ich spule es vor und zurück. Wie bei
einem Kassettenrekorder ersetze ich die Stellen,
die mir nicht gleich einfallen wollen, zunächst mit
dem Knistern und Knacken eines Tonbandes.
Mein Kopf erinnert sich an das Klicken der Stopp-
taste und an das vorlaute Spulgeräusch. Er lässt
erst dann gedanklich den Finger die schwere Play-
taste herunterdrücken, als er sich sicher ist, was er

dich gleich sagen hören wird: „Ghirri. Ein Italiener." In dem Moment erkenne ich dich.

Einige Tage zuvor

Ich stehe am Fenster unserer Altbauwohnung im Hamburger Norden und blicke Mala hinterher. Eigentlich heißt Mala Alma. Dass ich sie Mala nenne, entstand aus einem Missverständnis heraus. Ich hatte damals online mit einer Frau namens Marla geschrieben, die auf ihrem Profilbild nur undeutlich dargestellt war. Als Alma neben mir beim CSD auftauchte, verwechselte ich sie und sprach sie an. „Marla?" Sie drehte sich zu mir um und ihre Augen funkelten: „Ich bin nicht böse!" Alma ist Spanierin. Das Wort *mala* bedeutet böse. Es enthält alle Buchstaben, die auch in dem Namen Alma enthalten sind. Zu Beginn unserer Beziehung haben wir viel diskutiert. Zumeist weil sie verunsichert davon war, dass ich mich auch zu Männern hingezogen fühlen kann. Mittlerweile ist das kein Thema mehr. In den letzten Jahren hat sie gelernt, dass ich es mit der Treue in einer Beziehung noch ernster nehme als sie. Aber wir diskutieren auch sonst nicht mehr so viel. Während ich heute zuhause bleibe und Mala beim Fußball ist, blieb sie gestern zuhause, als ich mit Enno und Enissa im Kino war. Ich liebe das kleine, in die Jahre gekommene Programmkino am Ende der Straße. Ein Film dauert einen Lakritzlolli lang. Ein Lakritzlutscher, mit Schokolade überzogen. Während der Lolli in meinem Mund abtaucht, tauche ich in die Bilder der Leinwand ein und erst wieder auf, wenn mich das heller werdende Licht zurück in den Kinosessel spuckt. Normalerweise beginnt Enissa als Erste über den Film zu sprechen. Gestern hat niemand gesprochen. Auf der Straße sagte Enno, mehr als dass er fragte, „Auf ein Bier." Wir nickten. In der Kneipe waren wir eher damit beschäftigt, im Bierschaum nach den in uns aufgenommenen Bildern zu suchen, als in den Worten der anderen. Als ich in unsere Wohnung zurückkehrte, schlief Mala bereits. Ich schaltete den Laptop an. Bei Facebook wurde mir wieder dieser Kontakt empfohlen: Gianni. Seit Tagen sehe ich das Profil. Es sagt mir nichts und ich kann keine Verbindung erkennen. Gestern ignorierte ich den Kontakt, wie bisher jedes Mal, klappte den Laptop wenig später zu und ging schlafen. Heute ist es anders. Seit Stunden denke ich darüber nach, die Freundschaftsanfrage anzunehmen: Ein Platzregen von Fotografien, Satzzeichen und Videozusammenschnitten prasselt auf mich ein. Zumeist in schwarz-weiß und wie aus einer vergangenen Zeit. Profilbilder der Person Gianni finde ich nicht. Da sind immer wieder Zitate. Mal auf italienisch, mal auf deutsch. Oft dieselben. Auch die Bilder scheinen sich zu wiederholen, nur in einem jeweils neuen Kontext installiert. Wiederholung, Verstörung und immer wieder das Wort Sinnlichkeit. Was ist das hier? Kunst? Psychologie? Wahnsinn? Poesie? Das Chaos der Seite zieht mich an. Ich möchte es ordnen. Möchte begreifen, was ich sehe, damit ich mich abwenden kann. Viele der Fotografien zeigen nur Ausschnitte, nur Details. Teile von ins Licht gesetzten Gegenständen, von Frauenkörpern, von Landschaften. Fotografien wie Puzzleteile einer Welt, die ich nicht fassen kann. Aneinandergereihte Bewegtbild-Ausschnitte aus alten Filmen oder doch aus Filmen, die nicht alt sind, sondern nur die Form von etwas Altem angenommen haben? Wie Kompositionen von Erinnerungsfetzen. Mein Gehirn sucht nach dem Dirigenten, läuft durch das Labyrinth und folgt dem nächsten Eindruck, der ihm wichtig erscheint. Gianni. Wer ist Gianni? Wieso sollte ich diese Seite sehen? Welche Rolle spiele ich in diesem Chaos? Habe ich als Betrachterin eine Bedeutung? Geht es genau darum, dass ich mich das fragen soll? Wie bekommen die Dinge eine Bedeutung? Von den unzähligen Eindrücken, denen ich täglich ausgesetzt bin: Welchen gebe ich eine Bedeutung? Was prägt sich mir ein? Und warum und wann lasse ich das zu?

Mala kommt spät nach Hause. Meine Müdigkeit hat bereits die Geräusche der Straße heruntergedreht. Ich spüre ihren Atem in meinem Nacken und höre sie flüstern: „Sag mal, erinnerst du dich noch an Franka Stein?" Ich lache leise auf und schlafe ein. Am Morgen habe ich die Szene vergessen. In den nächsten Tagen suche ich immer dann nach Antworten zu den Fragen, die mir Giannis Seite stellt, wenn ich Mala nicht in meiner Nähe weiß. Selbst bei der Arbeit erwische ich mich dabei, wie ich in freien Minuten auf dem Handy das Profil nach Neuigkeiten checke. Mein Interesse an Kunst steigt. Ich denke darüber nach, wieder zu schreiben, wie ich es während meines Studiums tat. Zu der Zeit, als ich Mala begegnete. In den ersten Monaten unserer Beziehung trafen wir uns jeden Sonntag im Frauencafé Endlich zum Frühstück. Wir nannten diese Treffen unsere unendlichen ersten Dates. Nach einer Weile bemerkten wir dort eine ältere Dame am Tisch in der Ecke. Sie saß mit dem Rücken zum Garten und las. Nur manchmal hob sie ihren Blick und schaute uns minutenlang an. Direkt und ohne zu lächeln. Wegen ihrer undurchsichtigen Miene tauften wir sie auf den Namen Franka Stein. Mala interessierte sich zu dieser Zeit noch stark für Kunst und nahm an Freundeskreisen zu Kunstgesprächen teil. An einem der Sonntage stand die ältere Dame plötzlich an unserem Tisch und sagte: „Da haben Sie eine schöne Form für sich gefunden!" Wir schauten sie verdutzt an. Sie legte eine Postkarte auf den Tisch.

Heute

Mit dem Plan wieder zu schreiben, bin ich in die Bibliothek des Museums gegangen. Um etwas zu finden. Ich traf auf ein wildes Tier, eingesperrt in einen Körper, der auf Zurückhaltung dressiert wurde, und konnte kaum abwarten, es sprechen zu hören. „Ghirri. Ein Italiener." In dem Moment erkenne ich dich. Ich erkenne dich in seinen Worten, kann das Motiv der Postkarte und Franka Stein vor uns stehen sehen. Es ist die Postkarte einer Fotografie von Luigi Ghirri. Grizzana, Bologna 1989-90. Die graue Karaffe auf der Fotografie sah aus, wie die Karaffe vor uns auf dem Tisch im Café Endlich. Ich bekomme eine Vorstellung von einer Zukunft und einer neuen Form für uns. Du hast eine Bedeutung.

Birgit Rabisch

Nicht lotrecht

Schon wieder ein Monat um! Zeit für den fälligen Besuch bei meinen Eltern. Zeit für die fast zweitstündige Fahrt von der Mitte Hamburgs bis nach Moorleben in Schleswig-Holstein, von der Metropole in das zersiedelte Schlafdorf, von meiner Gegenwart in meine Vergangenheit.

Während der Fahrt mit der U-Bahn bin ich umgeben von Menschen, die ihre Blicke kaum von ihren Smartphones lösen. Ich schaue in mich hinein. Warum bin ich jedes Mal angespannt, wenn ich zu meinen Eltern fahre? Warum fühle ich mich, kaum habe ich die Schwelle zu ihrem Rotklinkerhaus überschritten, wie ein Kind, das etwas falsch gemacht hat? Die Zeiten, als mein pedantischer Vater an fast allem, was ich machte, herummäkelte, sind doch längst Geschichte, ja, sie sind zu Geschichten geronnen, über die sich meine erwachsenen Töchter amüsieren. Doch in mir lebt sie noch, die magere Achtjährige, die mit einem Lederlappen den Lack des von ihrem Vater heiß geliebten Opel-Kapitäns poliert, nachdem sie das Auto zuvor mehrmals mit einem Spezial-Shampoo gereinigt und mit dem Gartenschlauch abgespült hat. Als sie ihm stolz ihr Werk eines Sonntagnachmittags präsentiert, fährt er mit dem Finger über den Lack, bückt sich und zeigt auf die verchromte Radkappe hinten links:

„Da sind noch blinde Flecken."

Am Jungfernstieg steige ich in die S-Bahn um, schaue während der Fahrt aus dem Fenster, vor dem die Landschaft allmählich ihren städtischen Charakter verliert. Vor meinem inneren Auge sehe ich meine Töchter bei unserem letzten Klönschnack. Kritisch beäugen sie meine selbst gebackene Schoko-Kirsch-Torte und kichern: „Da sind aber blinde Flecken drauf, Mama!"

Natürlich lachte ich mit ihnen. Mit den *blinden Flecken* ziehen sie mich gerne auf. Für sie sind es nur geflügelte Opa-Worte. In mir hallen sie jetzt als Vater-Worte nach und prompt verlieren sie ihre Flügel und reißen mich hinab in die Vergangenheit. Wann habe ich es aufgegeben, meinem Vater gefallen zu wollen? Ich erinnere mich an heftige Pubertätskonflikte und an meine Flucht gleich nach dem Abitur. Raus aus dieser engstirnigen *Mein - Haus - mein - Garten - mein - Hund - mein - Auto -* Welt! Ich machte mich auf in die große Hafenstadt mit dem Tor zu einer vielgestaltigeren Welt, dem Tor, durch das seit zweiundzwanzig Jahren Menschen aus allen Erdteilen in meine Deutsch-Kurse an der Volkshochschule kommen. Die Fortgeschrittenen muntere ich gern mit einem Zitat Mark Twains auf, die deutsche Sprache solle *sanft und ehrfurchtsvoll zu den toten Sprachen abgelegt werden, denn nur die Toten hätten die Zeit, diese Sprache zu lernen.*

Ich höre erleichtertes Gelächter und endlich kehren meine Gedanken ganz in die Gegenwart zurück. Am Ende meiner Fahrt erwartet mich kein übermächtiger Pater familias mehr, sondern ein alter Mann im Unruhestand, der zwar sein Berufsleben im Büro einer Versicherung verbracht hat, aber seine Freizeit als leidenschaftlicher und versierter Handwerker. Jetzt kann er nach Herzenslust von morgens bis abends am Haus basteln. Selbst während meiner Besuche verlässt er spätestens nach einer halben Stunde die Kaffeetafel, um irgendetwas zu reparieren, zu modernisieren, aus- und umzubauen, wofür meine Mutter mit dem immer gleichen Spruch um Verständnis wirbt: „Du weißt ja, wie Papa ist."

Ja, ich bilde mir ein, das zu wissen. Aber ich dachte auch lange, ich wüsste, wie meine Mutter ist. Doch in den letzten Jahren ist sie aus ihrer Rolle als Hausfrau und Handlangerin ihres Mannes herausgewachsen. Sie hat oft keine Zeit mehr, ihm das Werkzeug zu reichen oder die Leiter festzuhalten, weil sie ihre helfende Hand anderen reicht. Sie spielt im Altersheim mit Dementen Memory, organisiert in der Kirchengemeinde Wohltätigkeitsbasare, und seit im Nachbarhaus eine syrische Flüchtlingsfamilie untergebracht ist, unterstützt sie die Alayas, wie sie nur kann. Als sie mich vor einem halben Jahr nach meinen Unterrichtsmethoden ausfragte, obwohl sie sich bisher nie für meine Arbeit interessiert hatte, war mir klar, dass sie ihnen jetzt auch beim Deutschlernen half.

Die S-Bahn erreicht ihre Endstation. Ein letztes Mal muss ich umsteigen. Während ich mit dem Bus über die Dörfer zuckele, teste ich die App mit Ausspracheübungen, die ich meiner Mutter empfehlen will. Und dann bin ich endlich angekommen im Dorf meiner Kindheit, in meinem Elternhaus, an der von meiner Mutter gedeckten Kaffeetafel. Alles scheint wie immer zu sein. Meine Mutter hat einen Apfelkuchen gebacken, mein Vater findet ihn zu klitschig, nach einer halben Stunde steht er auf:

„Ich muss nach dem Gartenhaus schauen.“

„Welches Gartenhaus?“, frage ich meine Mutter, als wir allein sind. Sie verdreht die Augen zur Decke:

„Papa hat doch angefangen, hinten ein Häuschen zu bauen. Für seine Werkzeuge und das Gartengerät. Aber dann – zack: Hexenschuss! Viel zu viele Steine auf einmal geschleppt. Vergessen, dass er kein ganz junger Mann mehr ist!“

Wir lächeln uns in stillem Einvernehmen an, bevor sie weitererzählt:

„Schon am nächsten Tag standen Kamal und Malek auf der Matte. Du weißt doch, die beiden Abaya-Jungs. Und die haben die Mauern wie im Akkord hochgezogen.“

Meine Mutter führt mich ans Wohnzimmerfenster und zeigt in den Garten. Wo früher ihr geliebtes Dahlienbeet war, sehe ich das Gartenhäuschen, dem nur noch das Dach fehlt. Ich sehe aber auch meinen Vater um die noch unverputzten Mauern herumlaufen. Immer wieder legt er mit todunglücklicher Miene seine Wasserwaage an.

„Wahrscheinlich beschwert er sich morgen bei seinen fleißigen Helfern, dass die Mauern nicht hundertprozentig lotrecht sind“, lästere ich.

„Nur über meine Leiche!“, versucht mich meine Mutter zu beruhigen. „Komm, trinken wir noch ein Tässchen.“

Doch gerade, als sie mir einschenken will, zucken wir beide zusammen. Von draußen hören wir wuchtige Hammerschläge und das Poltern von Steinen.

Jochen Stüsser-Simpson

Fünf Gedichte

Schmetterlings-Welten

Schon ist er da aus den Wicken
beherrscht Kurven, Bewegung, Gewebe
zieht Wolle, der Wickler, vom Baum ab
dem Wickler hilft der Weberknecht
sie filzen, tüllen, häkeln recht

Dem Knecht, dem springt das Widderchen bei
bei Textilien, Stoffen und Tuch
halbleinen, sie texten, halbseiden
aus der Lernkurve kommt es geflogen, ach
nicht so steil ist die Kurve bei ihm, eher flach

Blau, rot, grün, gelb – der Falter kommt
viel faltet der Falter, nicht bloß die Hände
er lässt die Vielfalt in Farbe fallen
und im Eck still erregt sitzt – oh Alter
der Spanner und sieht auf den Falter

Er sorgt dafür, dass es spannend bleibt
und glättet dem Falter die Falten
hoch oben stutzt und staunt der Zünsler
senkt Flughöhe, lässt Zügel schießen
das Spanner-Lustspiel zu genießen

Er zündelt, leuchtet, lockt den Schwärmer
der fern und hoch am Himmel flattert
herbeigeschwebt, verzückt gelandet

vor den gespannten Falt-Kulissen
schwärmt der begeistert hingerissen

Unter all den Schmetterlingen
fängt es plötzlich an zu singen
zu drehen, segeln, flügeln, schwingen
Ei, Raupe, Larve, Schmetterling
wir machen alle unser Ding.

Tierleben

Ich schrecke zusammen, seh ich Gespenster
Schnabel hoch, Federn, hinter dem Fenster
Überraschung am Morgen, er sieht mich an
eine Zeitgeisterscheinung, der schwarze Schwan
ich klatsche – er rührt sich nicht vom Fleck
ich wende mich ab, vielleicht fliegt er weg.
Kollegen kommen mittags zu Besuch
da kommt noch wer mit, es ist wie ein Fluch
mit Stoßzähnen und Rüssel, man glaubt es kaum
ein Elefant steht sehr groß und plötzlich im Raum
wir alle tun so, als sei er nicht da
gehen um ihn herum und reden blabla
vorsichtig, ängstlich, keiner rührt ihn an
nach den Gästen verschwindet er dann.
Ich stehe in der Küche mit Pfeffer und Salz
ein Anruf am Abend und in meinen Hals
krabbelt ein Frosch aus dem Telefonhörer
und setzt sich da fest, der Ruhestörer
Der Frosch im Hals, der kratzt und juckt
Ich hätte ihn sehr gerne ausgespuckt

ich gurgele, trinke und inhaliere
mich besuchen eindeutig zu viele Tiere
zur Tagesschau erst nach einigen Stunden
ist endlich der Frosch aus dem Hals verschwunden
doch dann sehe ich mit Ernüchterung
eine Löwin in der Berichterstattung
sie streift im Sommer durch unsere Gärten
die offenen und die zugesperrten
nachts höre ich's im Keller krachen
ach ja, die Drachen, ja die Drachen
ich sehe von Tieren mich umgeben
am Morgen, Mittag, auch in der Nacht
in meine Wohnung, mein Seelenleben
streben sie mit aller Macht.

Mein Leben als Ei
based on a true story

Es wurde gebrütet bis eben
in den Netzwerken
hinter der Stirn
es schmeckte und gelb roch mein Leben
ein Geheimnis, mein schwebendes Hirn.

An des Lebens Klippen die Reise
den abstürzenden Felsen vorbei
in neuronale Eierspeise
führt mich mein Schicksal als Ei.

Geklopfe, gesprungen die Schale
mein altes Ich zerläuft mir, zerfällt
ist das denn bereits das Finale
Licht fällt zuviel in die neue Welt.

Rührei lauwarm aus Kompromissen
ist das schon Verfall oder Progression
mein Ruhekissen, Leckerbissen
für andere, auch Dekoration?

Im abgeschreckten Ei-Gedicht
Erinnerung, Proteinsynthese
Eisprung, Gewese, Eierlese
wo kommt mein neues Ich in Sicht?

Ich löte Göthe

Er hat mehr als einen Sprung
das ist das Ergebnis der Alterung
oder der zwei streitenden Seelen
die in seiner Brust krakeelen
in fast zwei Hälften zerfallen
abgeklopft hallt er metallen
in aufkommender Abendröte
löte ich jetzt Göthe
schmelze Wolfgangs Körperteile
verfüge sie, nach einer Weile
hilfreich auch die Eisenfeile
ist er weg, der Sprung
Johann Wolfgang wieder jung
in dieser Form dürfte er allen
auch Frau von Stein recht gut gefallen

für kommende Entwicklungsphasen
er kommt neben die Blumenvasen
sieht dort mit Rosen sich umgeben
farbig beschattet, so ist das eben
kein Wesen kann zu nichts zerfallen
das Ewge regt sich fort in allen

Der Wolf – im weihnachtlichen Stimmungstief

Kommt da das Rotkäppchen geritten?
Der Wolf irrt sich, knurrt überrascht
der Rotrock lacht auf seinem Schlitten
wart' ab und sei nicht so vernascht
greift hinter sich in einen Sack
und wirft dem Grauen etwas zu
der fängt es, kaut, nicht sein Geschmack
er schüttelt sich und hechelt, puh
zu süß und zu viel Schokolade
er trollt sich seitwärts in die Hecken
findet den Fehlgriff jammerschade
auch peinlich, muss sich jetzt verstecken.

Heiko Thomsen

Heider, Marner, Tellingstedter

Heider, Marner, Tellingstedter,
Früher-Kommer, Sich-Verspäter,
Meldorfer und Elpersbütteler,
Verse-Rührer, Verse-Schütteler,

Wort-Verbieger, Wort-Verdreher,
Satz-Erfinder, Satz-Versteher,
Text-Verdichter, Text-Verleimer,
Schock-Poeten, Herz-Schmerz-Reimer,

Liedermacher, Minnesänger,
Rampensäue, Menschenfänger,
Lyrik-Profis, Haiku-Schreiber,
Tempo-Drossler, Tempo-Treiber,

Serientäter, Debutanten,
Beifall-Spender, Querulanten,
Netzwerk-Weber, Netzwerk-Knüpfer,
Alte Hasen, junge Hüpfer,

Plattdeutsch-Snacker, Groth-Verehrer,
Toast-Besteller, Toast-Verzehrer,
Anarchisten, Duden-Nutzer,
Demokraten, Nest-Beschmutzer,

Laptop-Junkies, Bleistift-Kritzler,
Langeweiler, Spannungskitzler,
Freizeitdichter, Sonntagsschreiber,
Spannung-auf-die Spitze-Treiber,

Worte-Sparer, Seiten-Füller,
Text-Entsorger, Text-Zerknüller,
Kopfarbeiter, Fabri-Quanten,
Germanisten, Märchentanten,

Pessimisten, Optimisten,
Realisten, Utopisten,
Biografen und Chronisten,
Alleskönner, Spezialisten,

Plot-Erfinder, Klippen-Hänger,
Retardierer, Vorwärts-Dränger,
Kurzgeschichten-sich-Ausdenker,
Handlung-um-die-Ecke-Lenker,

Fotografen, Geldeinsammler,
Eloquente und auch Stammler,
Text-nicht-Finder, Brillensucher,
Zappelphilipps, laute Flucher,

Mut-Zusprecher, Lob-Verteiler,
Beifall-Klatscher, Still-Verweiler,
Schenkel-Klopfer, Zoten-Kracher,
Zauderer und Weitermacher,

Flüsterer und Rumkrakeler,
Zungen-Brecher, Ohren-Quäler,
Witze-Reißer, Beifall-Hascher,
Kost-Verächter, Früchte-Nascher,

Künstler, Könner, Dilettanten,
Schräge Vögel, Krimi-Tanten,
Tisch-Vermüller, Schreibtisch-Täter,
Schreib-Aufschieber, Schluss-Verräter,

Frenssen-Leser, Heimatdichter,
Übersetzer, Weinvernichter,
Puppenspieler, Platt-Versteher,
Verse-Schmiede, Sinn-Verdreher,

Punkte-Macher, Komma-Setzer,
Sinn-Verwirrer, Sinn-Zerfetzer,
Kommentierer, Sabbel-Tanten,
Köpfe-Nicker, Nörgelanten,

Zwischenrufer, Hinterfrager,
Hände-Klatscher, Soso-Sager,
Bravo-Rufer, Text-Erklärer,
Spott-Ausschütter, Lob-Verwehrer,

Mahner, Zweifler, Richtigsteller,
Müde-Grinser, Sinn-Erheller,
Fragensteller, Antwortgeber,
Fäden-Zieher, Text-Verweber,

Lebenskünstler, Philantrophen,
Literaten, Philosophen,
Comic-Zeichner, Landschaftsmaler,
Investoren, Lehrgeld-Zahler,

Globetrotter, Mundart-Dichter,
Kleine-Heile-Welt-Errichter,
Großstadtdichter, Inselschreiber,
Rahmen-Händler, Handlungstreiber,

Wissenschaftler, Redakteure,
Wattenläufer, Wortjongleure,
Vorbereiter, Nachempfinder,
Nach-der-Lesung-gleich-Verschwinder,

Quickborn-Leser, Lyrik-Richter,
Herzerreicher, Horrordichter,
Epigonen, Zweitverwerter,
Kreative, Hendrik Härter,

Busenwurther Deichgranaten,
Freunde russischer Soldaten,
Literaten, kluge Köpfe,
Marktbeschicker, tumbe Tröpfe,

Depressive, Dauerlacher,
Besserwisser, Traurigmacher,
Klimaretter, Habeck-Wähler,
Feldenkraisler, Silbenzähler,

Hundefreunde, Katzenhasser,
Heimatlose, stille Wasser,
Krötensucher, Geldverleiher,
Tresenzahler, Tante Meier,

Abschiedswinker, Noch-was-Trinker,
Tischabräumer, Zettel's Träumer.

Elke von der Heide-Staack

Heißer Betriebsausflug

Heute, an einem trüben Novembertag, breite ich meine Fotoalben auf dem Küchentisch aus. Wie doch die Zeit vergeht! Ich schmunzele beim Durchblättern und fange dann plötzlich laut an zu lachen. Ach ja, vor gut fünfundzwanzig Jahren arbeitete ich in einer Praxis.

Wir waren sieben Beschäftigte. Da man nicht immer nur malochen kann, wurde ein Betriebsausflug geplant.

Unser Chef Rainer und seine Frau Patricia erarbeiteten einige Vorschläge. Schließlich entschieden wir uns, im Sommer mit dem Zug nach Sylt zu fahren, um dort eine Fahrradtour zu unternehmen. Juhu, wir freuten uns alle. Der Tag der Abfahrt rückte immer näher.

Es war Anfang August 1997. Der Wetterdienst kündigte hohe Temperaturen an. Zu einer Kollegin sagte ich: „Nehmt euer Badezeug mit, es soll sehr warm werden!" Britta meinte nur: „Och, Isolde, wenn die Haare nass werden, geht ja unsere Frisur kaputt!" Mir war klar, *ich* nehme meinen Badeanzug mit und mein Ehemann Marvin die Badebüx. Die Partner der Praxis-Angestellten waren nämlich auch mit eingeladen.

Als wir in Westerland ankamen, war es schon recht warm. Zuerst wurden die vorbestellten Fahrräder beim Verleih abgeholt.

Nina, unsere quirlige Kollegin, kannte ein exklusives Frühstücksrestaurant. Sie hatte dort einen Tisch für uns reserviert. Als wir das reichhaltige Büfett erblickten, strahlten unsere Augen schon fast so wie die Sonne. Obwohl ich eigentlich nur durstig war, gesellte sich beim Geruch von frischen Brötchen der Hunger dazu. Hm – egal, ob Marmelade, Lachs, Kaffee, Orangensaft, und ein Stück von der saftigen Wassermelone, alles schmeckte uns sehr lecker. Nun konnten wir uns gestärkt und zufrieden aufs Fahrrad schwingen.

Ich habe wohl die ganze Zeit beim Radeln ein Grinsen im Gesicht gehabt, denn ich freute mich so sehr auf das salzige Meer.

Endlich kamen wir am Strand von Kampen an, es war ein FKK-Strand. Die Sonne brannte, alle schwitzten. Roland, der schüchterne Hausmeister, bekam Schnappatmung. „Huch, was sollen wir denn hier?" Ich antwortete frech: „Ausziehen und baden – oder du machst die Augen zu und träumst vom Feierabend, dass machst du sonst ja auch gerne!"

Die Kollegen amüsierten sich und Roland tippte sich verlegen an den Mund.

Grete flüsterte Ulrike ins Ohr: „Ich habe gar keinen Bikini dabei, und so ganz ohne, nein, das mag ich nicht!" Ulrike zuckte daraufhin auch nur mit den Schultern.

Marvin und ich zogen uns ruckzuck aus und schnell unsere Badesachen an. Obwohl, wie gesagt, wir befanden uns am Nackt-Strand! Doch, na ja, etwas Contenance sollte man gegenüber den Kollegen und dem Chef schon wahren. Wir beide tobten in den tosenden Wellen und juchzten vor Begeisterung.

Patricia mit ihrem kurzen, bunten Kleid, und Nina mit dem schicken Sonnenhut trauten sich höchstens bis zu den Knien ins Wasser. Die restliche Crew verharrte auf einem angeschwemmten Baumstamm. Sie konnten das Meer nur sehen, riechen und hören. Ich rief zu denen hinüber: „Ziert euch nicht – raus aus den Klamotten! Das Wasser erfrischt Körper und Sinne!"

Als gute Schwimmerin traute ich mich in die See hinaus. Dabei befreite ich mich vom lästigen Badeanzug, hielt den „Stofffetzen" in meiner Hand und wedelte damit zu den „Sitzenbleibern" hinüber. Kollege Jonas fasste diese Geste als Hilferuf auf und wollte mich retten. Doch Marvin lachte und sagte zu ihm: „Isolde macht nur Theater!" Die Belegschaft schüttelte nur den Kopf. Mit einigen Arm- und Beinverrenkungen im Wasser zog ich meinen Badeanzug wieder an und schwamm zum Ufer zurück. Als ich aus dem Meer herauskam, staunten alle und ein Kollege sagte: „Isolde, ich dachte, du steigst im Eva-Kostüm aus dem Wasser." „Also, das ist wohl der Gipfel", rief ich empört, „ihr macht euch lustig über mich, dabei hockt ihr hier wie die gegrillten Hühner auf der Stange!"

Gefühlte siebenunddreißig Grad, unsere Zungen klebten schon fast am Gaumen fest. Nun setzten wir uns schlapp und müde auf die Räder und fuhren nach Westerland zurück. Für die atemberaubende Landschaft der Insel hatten wir keine Augen mehr, denn wir hielten Ausschau nach einem Lokal.

Kevin, der Ehemann von Ulrike, der eine korpulente Figur vor sich her trug, keuchte vor Anstrengung. Schweißperlen standen auf seiner Stirn. Auch aus Grete brach es nun heraus: „Ich kann nicht mehr!" Chef Rainer ermutigte die beiden, nicht aufzugeben.

Endlich erspähten wir ein Restaurant. Nur noch ein paar Male in die Pedale treten und es war geschafft. Schnell die Räder abgestellt und wir ließen uns sichtlich entkräftet auf die Stühle plumpsen. „Verdammt, wo bleibt die Bedienung?" Es kam niemand! Wir sahen uns alle an und nickten uns zu. Prompt standen wir auf und gingen.

Elvira, unsere Reinigungsfee, entdeckte das nächste Lokal. Die freien Plätze nahmen wir sofort in Beschlag. Die herbeigeeilte Kellnerin erkannte wohl sichtlich unsere momentane Notlage. Hier erhielten wir zügig unsere bestellten Cocktails. Einmal an den Mund gesetzt, zischte das gekühlte Getränk nur so hinunter. Unser Elektrolythaushalt war wieder aufgefüllt.

Energiegeladen radelten wir zum Verleih zurück und gaben die Räder ab. Nun eilten wir zum

Bahnhof und schauten auf die Bahnhofsuhr. Demnach musste der Zug gleich angebraust kommen. Plötzlich zeigte die Anzeigentafel Verspätung an. Wir fassten uns an den Kopf und stöhnten: „Nicht das auch noch!" Die Hitze stieg uns so langsam schon wieder zu Kopf. Nach einer gefühlten Ewigkeit rollte endlich unser Zug in den Bahnhof von Westerland ein.

Doch damit immer noch nicht genug!

Die Abteile waren mit Reisenden überfüllt! In mir stieg Panik auf und mein Herz klopfte heftig vor Anspannung. Sollten wir möglicherweise die ganze Heimfahrt stehend verbringen?

Glücklicherweise kam ein lächelnder Schaffner auf uns zu, erkannte die Situation und verwies uns auf die freien Plätze in der Ersten Klasse. „Wow, und danke schön!", stammelten wir. Sichtlich erleichtert ratterten wir nach Dithmarschen zurück. Unser Resümee: Diesen heißen Betriebsausflug werden wir niemals vergessen!

Klaus von Puttkamer

Fünf Miniaturen

Der verpasste Zug

Wenn ich bedenke, wie oft ich dem Leben
hinterherlief, wie einem verpassten Zug;
und mich ängstigte, weil ich ihn zu Fuß nicht
mehr einholen konnte.

Anstatt zu sehen, dass ringsherum
auf den Bäumen die Vögel singen,
dass die Sonne scheint,
dass die Luft angenehm ist;

Viele tausend Kleinigkeiten, die so wichtig sind,
viele nette Kleinigkeiten, die so wichtig sind,
und … dass immer wieder neue Züge fahren …

Ich seh im Fernsehen

Ich seh im Fernsehen einen verwundeten Soldaten
… und er lächelt,
ich will nicht verwundet sein wie er,
aber ich will genauso lächeln … in meiner Lage.

Freund, wenn du auf Reisen gehst …

Freund, wenn du auf Reisen gehst, wohin, wie
lang's auch geht …
Vergiss es nicht, daheim bist du … wo man dich
versteht.

Ich sag oft …

Ich sag oft: „Die anderen sind schuld, dass …“,
aber irgendwo sind wir alle die anderen,
die einen vielleicht mehr, die anderen weniger,
wer weiß …

Wenn es mir nicht wenigstens gelingt,
etwas Frieden in mir zu finden,
dann finde ich den Streit mit dem Nachbarn,
die Rivalität mit der anderen Straße,
die Feindschaft gegen die andere Stadt …
dann findet mich eines Tages der Krieg mit dem
anderen Volk.

Die sehr menschliche Dreifaltigkeit

Die Durchschnittlichkeit kommt mich besuchen
und wir trinken einen Kaffee.
Es ist nicht aufgeräumt, doch das
stört die Durchschnittlichkeit nicht
Irgendwo draußen schreit
der Wettbewerb herum;
mit einem Gähnen schiebe ich mir
noch ein Stück Schokoladenkuchen rein.
Die Durchschnittlichkeit hat noch Zeit
und wir hören etwas Musik.
Irgendwo draußen schreit
der Perfektionismus herum;
sein Geschimpfe verschwindet in der Musik.

Später lege ich mich noch etwas hin,
ich stelle mir vor, ich bin der Nachbarshund,
der es sich verbotenerweise im Bett
seiner Herrchen gemütlich gemacht hat
und es sich richtig gutgehen lässt.
Die Mittelmäßigkeit nistet sich bei mir ein
und ich bin zufrieden, wie lange nicht mehr.
Der Ehrgeiz lässt einen wütenden Schrei hören.
Die Zufriedenheit klopft bei mir an
und da ich nichts Besseres zu tun hab,
lass ich sie ein.

Gerd Wohlenberg

Kaleidoskop

Grün jedenfalls nicht. Ein Mensch schaut sich um.
Wie ist die Person gekleidet? Sommerlich, ohne
ein Fleckchen. Dünen erheben sich dahinter; er-
hebend, wie Umweltpolitik. In der ersten Düne –
eine Messlatte. Wie hoch sie sind, diese Hünen,
sagt er mit diesem kühnen Akzent zu ihr. Dann
sühnen sie auf Bühnen. Je grüner es wird, sagt sie,
desto weniger merke ich davon.
Massenvernichtungswaffen! Alle grün. Spielende
Kinder: blass. Rathäuser schwarzbraun. Die italie-
nische Fahne hält sich schwer am Tragestöckchen
fest. Ich ergrüne zornig unter meinen Augen. Das
blaugelbe Meer schäumt. Wann ändert er sich
endlich, denkt sie.
Er-war-te-ich-et-was-wo-zu-selbst-ich-nicht-be-
reit-bin? Plus vergrüben sie sich mal wieder. Und
verkrümeln nicht erst, wenn Brote trocknen. Und
überhaupt der grüne Wasserstoff. Weißeweste
Schrägstreifenkrawatte. Watt wieder Mode. In
Watte gepackte Säuglinge darf man wohl nicht
noch mehr sagen dürfen; Neugeborenes.
ER-SIE-KI.

Im Monat Juni
ist es meist heiß
ohne Ironie
zeigt Haut beißt Preis

Im Junimonat
denk ich an Krieger
der schon Lohn hat
macht die Bieger

Millionen
Nieten
wo die wohnen
steh'n Margeriten

Wiesengruß
aus dem Nor'n
war sein Fuß
abgefror'n

nannten den Schuh
Isetta
out of the blue
grüne Blätter

etwas
Unglaubliches
war mit dem Boden
passiert

Juni immer wieder
blaue Taube flieg
behaltet eure Glieder
nie wieder Krieg

Falten

Das wird mir zu rund. Kann ich mich nicht mehr auf meine Gestalten verlassen? Habe Augen im Kopf, die einen schauen heraus, die anderen hinein. Wer beides nicht hat? Pflanzen z.B.

Das legt sich. Du traust deinen kranken Menschensinnen. Nee nee, wie die schon redet. Entpolitisierte Vorwürfe! Zu kurz gegriffen; Äußerlichkeiten. Was interessiert mich, wie ich von dir gelesen werde. Cis-Diverse sollten sich mal selber fragen. Die Faltung muss stimmen. Wenn nur die eine Seite gebügelt ist, passt denen das auch wieder nicht. Lebensschützer, nimm doch 'ne Mütze voll Leben. Grütze ist auch noch warm. Radikalfeministen – hießen die so, kann ja auch jeder von sich behaupten.

Am 17. Juni wurde der CSD in Heide gefeiert. In der Bar Stonewall Inn mit trans- und homosexuellem Zielpublikum gab es immer wieder Razzien der Polizei. 1969. 400 Teilnehmerinnen zeigten sich in Heide von ihrer bunten Seite. (LSVD): Aggressionen äußern sich nicht nur verbal, sondern auch in tätlichen Übergriffen in einer Zeit, wo viele Menschen durch Inflation und explodierende Kosten um ihre Existenz bangten. Die Armen trifft es natürlich doppelt.

Die gute Beteiligung zeigt, dass queere Menschen bekommen, was ihnen zusteht, findet Denise Loop, grüne Bundestagsabgeordnete.

Wir müssen aber auch deutlich machen, wenn Teile sich der AfD und CDU/CSU gegen die Community entgegenhetzen, was nicht geht.

Wennteile das jetzt deutlich geworden? Renntier wendet sich zur Eile. Und Burkhard Büsing: Es ist naiv zu glauben, die AfD würde mit einem inkompetent geleiteten Ausschuss entzaubert. In anderen Teilen Deutschlands engagieren sich Neonazis beispielsweise als Fußballtrainer. Die Nachbarn geben dann an, dass er gut mit Kindern kann und ganz nett sei. Dass er mit dem Spruch über Geflüchtete, den zotigen Witzen über Frauen, intolerable Äußerungen gegenüber queeren Personen oder dem Wort Jude als Beleidigung Grenzen des Sagbaren bei Jungen und Mädchen verschiebt, die das als „normal" weitertragen, wird gern übersehen.

Gerd muss kräftig ausatmen. Gute alte Sargbarren, die dem Ziel dienen, dass der Schreiber sein eigenes (meist antisexuelles) Interesse auf den Leser verlagern kann, ohne soziale Sanktionen befürchten zu müssen. Doppelt hält besser. In Anlehnung an S. Freud über Zoten.

A Aa AAA uao uao

Orlando sag mir, oh nein. Sag nicht, oh Gott, sag es mir nicht. Oh du lieber Himmel o. O nein, nein, ich kann es nicht ertragen. Hör bitte auf, o mein Lieber in Himmels Namen?

Oh verdammt. Erbarmen.
Weh uns. O je. O, hör auf damit, hör auf.

.fua röh ,timad fua röh ,hO .ej hO .snu eheW .
reniem hcid emrabrE .tmmadrev hO
? nelliw slemmiH mu saW .rebeiL niem ho ,fua
ettib röH .negartre thcin se nnak hci ,nien ,nien
hO .nebo lemmiH ,rebeiL niem hO .thcin rim se
gas ,ttoG ho ,thcin gaS .nien ho ,thcin rim se gas
odnalrO

Du warst
so nett,
Ich weiß,
ich weiß.
Warum habe ich dich verletzt?
Ich musste dir nicht weh tun.
Aber ich werde es weiter versuchen,
und bin sicher, du auch.

Ich will es. Ich will es. Ich will es.
Gib es mir.
Ich geb's zurück, wenn ich beendet habe den
Mittagstee.
Ich lieg auf der Straße, die vorbeifahrenden Autos
zum Stolpern zu bringen.
Ja, der Igel und ich bringen den ganzen Tag die
Reifen zum Platzen,
während wir die Autobahn hinab dem
Sonnenuntergang entgegen rollen.

So ließ sie ihr Buch unbegraben und zerzaust auf
dem Boden liegen und betrachtete die weite Aus-
sicht, die sich an diesem Abend wie ein Meeresbo-
den veränderte, wobei die Sonne ihn erhellte und
die Schatten ihn verdunkelten.
Es gibt Rundfalten und Scharffalten. Übergänge
wie bei einem Regenbogen.
So setz dich doch. Er hob demonstrativ seine Tasche vom Nebenstuhl und bugsierte sie über Tisch
und Kopf ans vordere Bein seines.
Nee, hab noch was vor heut, so stand sie vor ihm
desperat. Wie ist die Laune heute Rettungswagen-
signale seit einer Stunde. Wie sich das gehört.
Wenn er liest, hört er gar nichts mehr. Nur der
Nieselregen erzeugt einen nicht abreißenden
Zischlaut. Sie stellt das Rad gegenüber an die
Hauswand, senkt die Arme vom Lenker, hebt sie
wieder drauf, dreht das Rad und steigt auf. Bis eines Tages. Wie gefaltet wir doch sind. Ohne Stoff
kann die Faltung endlos werden. Wie entfaltet wir
doch sind. Ohne Stoff in endloser Ausdehnung.
Die Raupen in meinen Dinkelflocken. Bald Falter.
Es wurde und wird uns eingeredet, dass die Menschen von Begegnungen Abstand nehmen sollen,
denn es könnte zu Virenübertragungen kommen,
schrieb Alfred Sinn. Frank Zabel forderte, seinen
Brief zu entfernen.
Ausreden, nichts als Ausreden. Wenn sie mich nur
mal ließen. Bis ich ausgeschrieben hab, kann noch
dauern. Hab Gedanken.

Herausgeschrieben, meine Damen u. Herrn! Die Faltung des Raubtiers. Die tut sich nichts. Sieht ab von jedwelcher Berührung durch Eckzähne. Ist Gewalt logisch? Ist Gewaltverzicht logisch? Ist Gewalt unlogisch? Kann sein. Keine Gewalt schreit alles, bloß keine. Bereicherung. Gewalt in meinem Kopf. Erweichung, Ausweichung, Ausweitung, Verbreiterung, Bereitung. Zu reich, unzugewaltig, unhinzunehmend, unhinzugebend, unhinzugefügt, unhinzugelöst unherausgelöst, unhinausgeschoben. Schön abgelöst, abgelenkt, bei jedem Schritt geerdet, geredeert, unausgesprochen, gelenkt, gedenkt, unausgelacht.
Kugeln, Scharniere, Spanierin, spar nie mehr, wenn's knapp kommt.
Das ist eine Aufforderung. Quäl mich nicht! Ich pfeif drauf, trete drauf, pike mich selbst.
Die Auflockerung, Lösung und Durcheinandermischung des im Wachen, durch die logische Gewalt des zentralen Ich zusammengehaltenen Vorstellungslebens … (Volkelt).

Für Marianne Juli 1929 – Juli 2023; 2015 Bundesverdienstkreuz. Keine Trauer. Das letzte Mal sahen wir uns in Brokdorf am Sanitätswagen. Sie werfen das Gedenken schon vor Hunde, da hab ich kein Zwei.

C Lot:
Und Lot?
Hast du 'ne Frage gestellt?

Ich also raus aus meiner Stadt und wer zurück-
schaut.
Das sollen die Gebrüder Grimm genüsslich ausfor-
mulieren.
Die Stadt ist schuld, mal wieder Sünde.
Wird größer von Jahr zu Jahr.
Nix mit Büßen. Büßen tun die flachen Länder.
Agrarunternehmen ackern wahre Warenregale
voll. Ich warne dich.
Kommen hier an und wollen bessere Meldorfer
sein.
Mit ihrer verschrobenen Gestalt. Mit der Buntfal-
te.
Mit der Raupe, aus der nie ein Schmetterling wird.
Und die Städte lachen sich 'n Ast, da da.
Kommen extra zusammen aus heiterem Himmel
in riesigen noch nicht erbauten aber schon ausver-
kauften Konzerthallen, so einen Ast zu lachen,
dass Abraham der Kamm schwillt.
Bumms fallera, hahahahaha.

Cassandra Wulf

Buntglasgesichter

Ab und zu verschließe ich Momente in Bernstein. In flüssiges Gold verpackt schmelzen sie an meiner Haut herab und hinterlassen dünne Schlieren. Feine Spuren. Flüssiges Harz wird zu Bernstein, Sand wird zu Glas, ich werde zu Staub.

Ab und zu denke ich daran.

Ab und zu sind solche Erinnerungen wie Splitter. Sie hinterlassen eine Spur, eine Spur aus Gold und Rot. Denn ich bin so bunt wie mein Leben. Es ist abstrakt und verschwommen, leuchtet hell, ist schattiert, changiert zwischen Mondsichel und Vollmond, hat Licht und Schatten

und ist alles, was ich habe, will und hatte.

Ab und zu vergesse ich mein Bunt-Sein. Lecke meine Schatten wie Wunden und frage, wo denn die rosa-rote Brille bleibt, wenn ich alles immerzu in schwarz-weiß fotografiere

und beim Zeichnen alles nur in grau schattiere.

In all dem Farbspektrum, das mir geboten wird, ersehne ich mir das Bewahren dieses Bunt-Seins. So viele Perspektiven, Facetten tanzen vor meinem Blick, einem Blick, der Wunder erkennen möchte. Wunder in kleinen Dingen. So wie in kleinen Erinnerungen.

Es ist wieder dieses Gefühl von damals.

Ich bin klein, die Welt ist groß.

Spurenlos.

Und ich rieche noch die vertrauten, in- und auswendig gekannten Wiesen mit den roten Marienkäfern.

Sehe die hauchdünnen Schmetterlinge puderzart auf meiner Hand sitzen. Spüre den Wind in meinen Haaren, der, wenn er eine Farbe hätte, mit Sicherheit eine Mischung aus Zitronenfalter-Gelb, Wasserwellen-Blau und Salz-Weiß wäre.

Ich kann mich noch an das Grün der Buche erinnern, auf die ich so gerne kletterte und Abenteuer erlebte. Spuren hinterließ.

Und ich kenne noch das Gold dieser Bernstein-Momente.

Heute BIN ich groß, fühl' mich dubios, nicht mehr grenzenlos.

Das flüssige, noch warme Harz wurde für mich zu hartem Bernstein. An einer Halskette tragend laufe ich damit durch die Weltgeschichte. Durch neue Momente, die sich auch nur irgendwann in einen goldenen Mantel hüllen und mich begleiten. Orte, Gedanken und Träume sowie auch Menschen. Ich vergesse Gesichter nicht. Schließe sie ein. Das, was sich hinter einem Augenlicht verbirgt. Denn jedes ist so einzigartig und zerbrechlich.

Buntglasgesichter schillern in Buntglaslichtern über taufrischen Tropfen Phantasie, die uns alle träumen lässt.

Ab und zu vergesse ich das Träumen, das Bunt-Sehen und Bunt-Sein. Ich verschwinde zu oft hinter

Buntglasfenstern meines eigenen Glashauses und werfe mit Steinen um mich. Ich warte auf das Geräusch zersplitternder Träume, das Bild bunter Scherben und den freien Himmel, der durch die Löcher strahlt. Ich schaue in den Himmel und der Himmel ist ein Meer. Immer wenn es regnet, fallen mir salzige Tropfen entgegen, und ich genieße jeden, der meine Haut streift.

Mein Glashaus wird zu Kristall und ich betrachte die feinen (Um-)Risse. Meine Erinnerungen sind nicht in Stein gemeißelt, sondern in funkelndes gelbes Glas. Anmutiges Karmesin, Waldgrün, Bernsteinbraun, Butterblumengelb, Tränenaquamarin, Traumwolkenweiß, Schattenschwarz oder Sternensilber. So bunt sehe ich meine Welt, auch wenn ich denke, dass ich es manchmal nicht tue. Wenn ich denke, dass ich zu Staub zerfalle und eine Erinnerung in Bernstein eingeschlossen werde und bleibe.

Ich denke an all die bunten Gesichter, die lachen, weinen, Grimassen schneiden, starren, erstarren, überraschen, Blicke erhaschen und einfach fühlen. Zeigen. Staunen. So wie ich.

Manchmal habe ich Angst vor den Rissen. Denn kaputt gehen tut jeder irgendwann. Aber mir hilft die Hoffnung, dass ich ein einzigartiges Gesicht von vielen bin.

Auf der Suche nach dem richtigen Betrachter.

Vielleicht sollten wir also anfangen, genauer hinzuschauen.

Über die Autorinnen und Autoren

Ellen Balsewitsch-Oldach

Jahrgang 1955, geboren und aufgewachsen in Hamburg, lebt und arbeitet als freie Autorin und Journalistin sowie als Verlegerin in Meldorf an der Westküste Schleswig-Holsteins. Ihre Kurzgeschichten sind in Anthologien verschiedener Verlage, in Literaturzeitschriften sowie in einem Band mit eigenen Kurzkrimis erschienen. Sie ist Mitbegründerin und Moderatorin des norddeutschen Literatur- und Kulturnetzwerkes Textfabrique51 und Mitglied in weiteren Schriftstellervereinigungen.

www.textfabrique51.de

Dirk-Uwe Becker

geboren 1954 im rheinischen Mönchengladbach, lebt als Autor, bildender Künstler und Sammler in Dithmarschen an der Westküste Schleswig-Holsteins. Er hat sechs Lyrikbände veröffentlicht, schreibt Lyrik und Prosa und hat zahlreiche Beiträge in Literaturzeitschriften und Anthologien im In- und Ausland veröffentlicht. Er ist Mitbegründer des norddeutschen Literatur- und Kulturnetzwerkes Textfabrique51 und Mitglied in weiteren Schriftstellervereinigungen.

www.textfabrique51.de

Monika Buttler

Die Autorin ist Magistra der Literaturwissenschaft, Germanistik und Philosophie und war viele Jahre lang als Wohnredakteurin tätig. Sie publizierte sieben Kriminalromane, rund 40 Kurzkrimis, ein Hörspiel und belletristische Prosa. Herausgeberin von Anthologien.

Zuletzt erschien ihr Memoir „Ich liebe einen Orientalen. Mein Leben zwischen zwei Kulturen". Monika Buttler lebt in Hamburg.

www.monikabuttler.de

Sonja Dohrmann

geboren 1961 im niedersächsischen Kirchtimke, lebt in Hamburg. Sie war Berufsschullehrerin in Hamburg-Wilhelmsburg und ist seit 2017 in der Redaktion des *Quickborn – Zeitschrift für plattdeutsche Sprache und Literatur* tätig. Erst vor knapp zehn Jahren entdeckte sie das literarische Schreiben für sich. Seitdem schreibt sie sowohl auf Hoch- als auch auf Plattdeutsch. Mittlerweile wurden fast 40 Texte in Anthologien und Literaturzeitschriften veröffentlicht. 2019 wurde ihr der Gerd-Lüpke-Preis (1. Platz) zugesprochen, 2020 der Nordhessische Literaturpreis „Holzhäuser Heckethaler" (1. Platz), 2023 der Klaus-Groth-Preis (2. Platz) sowie der 2. Platz beim Landschreiber-Wettbewerb in der Sparte Mundart.

Marion Galinowski

geboren in Dithmarschen, pflegt ihre gelernten Berufe als Gärtnerin und Floristin auch heute noch mit viel Freude in ihrem eigenen Garten. Außerdem gibt sie Kurse als Feldenkraislehrerin.
Daneben sind Schreiben und Malen ihre große Leidenschaft geworden. Beim Schreiben liebt sie besonders „dat Vertellen in Plattdüütsch", das sie als ihre Muttersprache empfindet und das sie lebendig erhalten möchte.

Wolfgang A. Gogolin

Jahrgang 1957 und von Beruf Rechtspfleger, lebt mit Ehefrau in seiner Heimatstadt Hamburg. Neben einigen Dutzend Veröffentlichungen in Zeitschriften und Anthologien erschienen bisher dreizehn Bücher aus seiner Feder. Von 2019 bis 2021 brachte der Wiener Karina-Verlag die Normandie-Trilogie „Französisch von unten" heraus, 2022 den Roman „Als Jesus aus den Wolken fiel."

Wolfgang A. Gogolin war von 2008 bis April 2020 1. Vorsitzender des Hamburger Kulturhauses Dehnhaide e.V. („Kulturpunkt") und veranstaltete in diesem Rahmen die monatliche „Spät-Lese". Als leidenschaftlicher Gourmet schreibt er gelegentlich Kochbuchbesprechungen für Verlage sowie Restaurantkritiken auf genussgenie.de

Klaus-D. Gutsche

geboren 1955 in Wiesbaden, lebte seit 1997 in Hamburg, bevor er 2022 nach Mölln entwich. Nach dem Abi Zivildienst auf der Pflegestation eines Altersheims („Feierabendheim"). Dort nachhaltige Konfrontation mit Formen und Farben nichtgelebten Lebens, des Sterbens und der Einsamkeit.

Viele Jahre Teil der Friedensbewegung. Einübung und Ausübung gewaltfreier Protestformen. Straßentheater, freie Theater- und Projektarbeit, Schauspielschule, Aufbau und Betrieb eines genreübergreifenden Kulturhauses. Studium der Soziologie an der Goethe-Uni Frankfurt am Main. Schwerpunkt Weimarer Republik und das Scheitern eines demokratischen Feldversuchs.

Langjähriger nichtjournalistischer Mitarbeiter eines öffentlich-rechtlichen Medienunternehmens. Leidenschaftlicher Verfechter nichtkommerzialisierter gesellschaftlicher und kultureller Teilhabe.

Helga Mietz

geboren 1949 in einem dörflichen Vorort von Duisburg, ist Familientherapeutin und Supervisorin.
Sie schreibt Kurzgeschichten und Essays. Zum Schreiben kam sie durch ihre Tätigkeit als Vorleserin und den Umzug vom Rhein an die Elbe, wo sie Leseabende mit eigenen und fremden Texten veranstaltet. Mit ihrem Mann lebt sie in Hamburg, fühlt sich hier zuhause, bleibt jedoch dem Niederrhein verbunden.

Irmela Mukurarinda

Jahrgang 1949, wurde in Zwickau geboren, verbrachte ihre Kindheit in Sachsen und Brandenburg. Sie studierte Theologie an der Humboldt-Universität in Berlin (Ost) und ging 1976 in den Westteil der Stadt. Arbeitsaufenthalte in West-Berlin, Österreich und Brandenburg. Seit 1994 lebt sie mit ihrer Familie in Nordfriesland.

Brigitte Neumann

geboren 1958 im hessischen Heldenbergen, seit 2020 in Buchholz mit Haus und Garten sesshaft. Buchholz wegen der Bücher, die beste Gesellschaft, die man haben kann – neben Klaus und Nickel, Erna und Wolfgang, Ibo, Kerstin, Doro, Ortrud und Zafer, Roman und Gretchen. Seit 35 Jahren Autorin fürs Radio und einige Zeitschriften sowie LitClub-Betreiberin in Hamburg und Buchholz.

Julia Nolte

wurde 1989 in Köln geboren und studierte Literatur und Philosophie in Köln und Hamburg. Sie arbeitet seit 2013 freiberuflich mit psychisch erkrankten Menschen, Senioren und Jugendlichen und lässt die Erkenntnisse der psychosozialen Arbeit in ihre Kunst mit einfließen. Ihre künstlerische Ausdrucksform ist vor allem die schnelle Zeichnung, seit 2021 schreibt Julia Nolte allerdings vorwiegend an ihrem Erstlingsroman.

Ute M. Pfeiffer

Seit 1998 Veröffentlichung von Lyrik und Kurzprosa besonders zu gesellschaftskritischen Themen in Zeitschriften und Anthologien; 2020 Einzelveröffentlichung „Jetzt steig ich auf vom Grund"; 2023 „Glück gehabt"; Mitglied im VS in ver.di und im Euterpe-Literaturkreis.

www.ge-dichte.de

Christina Plischka

geb. 1982, lebt und arbeitet in Hamburg. Sie wuchs in Nordrhein-Westfalen auf, studierte Soziale Arbeit (B.A.) und Biografisches und Kreatives Schreiben (M.A.) in Berlin. Sie veröffentlichte Artikel im Kulturbereich, außerdem Lyrik und Prosa in Anthologien.

www.christina-plischka.de

Birgit Rabisch

Hamburger Autorin, zwölf Romane (u. a. bei Fischer, zu Klampen, dtv), zuletzt die 68er-Trilogie „Die vier Liebeszeiten", „Wir kennen uns nicht", „Putzfrau bei den Beatles" (Verlag duotincta), 45 Beiträge in Anthologien, zahlreiche Auszeichnungen. Ihre Dystopie „Duplik Jonas 7" (24. Auflage 2023) avancierte zum Standardwerk für den Schulunterricht zum Thema Gentechnologie.

Infos: www.birgitrabisch.de

Jochen Stüsser-Simpson

lebt in Altona, liest, joggt, schreibt und veröffentlicht gern in verschiedenen Genres, Formaten, Verlagen, entlang der Elbe, im Bereich der Lyrik, auch gerne literarische Prosa oder Fach-Artikel. Lehrer, Koordinator am Christianeum in Hamburg-Othmarschen, unterrichtet Philosophie und Deutsch, seit 2022 auch eine Ukraine-Klasse in Deutsch als Fremdsprache. Organisiert im Team vor Ort das Literarische Café.

Heiko Thomsen

geboren 1967 in Glückstadt; aufgewachsen in Kremperheide (Kreis Steinburg); Abitur in Itzehoe; Lehramtsstudium mit den Fächern Deutsch und Englisch; seit 1996 im Schuldienst. Lebt und arbeitet in Hamburg. Herausgeber zweier Aufsatzbände über Arno Schmidt, zusammen mit Ulrich Klappstein: *Tellingstedt & der Weg dorthin* (2016); *Potz Louis Harms & Candaze* (2021). Übersetzung der Erzählung *Min Jungsparadies* von Klaus Groth unter dem Titel *Mein Jungsparadies. Eine Kindheit in Tellingstedt* (2021) im elbaol verlag hamburg. Mitglied in mehreren literarischen Gesellschaften. Beisitzer im Vorstand der Quickborn-Vereinigung und Klaus-Groth-Gesellschaft. Seit 2017 Redakteur des *Quickborn*, der vierteljährlich erscheinenden Zeitschrift der gleichnamigen Vereinigung für niederdeutsche Sprache und Literatur. Publikation von literarischen Texten und Aufsätzen in Zeitschriften, Jahrbüchern und Anthologien auf Hoch und Platt. Autor und Herausgeber des Literaturperiodikums

MolenKieker, von dem bisher fünf Ausgaben erschienen sind.

Elke von der Heide-Staack

1958 in Busenwurth geboren. Ihre Lieblingsbeschäftigungen sind Lesen, Schreiben, das Dekorieren im Haus, Tanzen und die Mitwirkung als Komparsin beim Film. Außerdem liebt sie ganz besonders das Baden in der Nordsee! Sie ist verheiratet mit Ehemann Klaus; beide leben in Busenwurt und sind passive Mitglieder im Hospiz in Meldorf. Elke von der Heide-Staack ist außerdem Mitglied beim Weißen Ring. 2007 erschien von ihr ein Katzenbüchlein. Darin verarbeitet sie den Tod ihrer Katze Mohrle. Seit 2023 bereichert mit „Cindy" wieder eine Katze – aus dem Tierheim – ihr Leben.

elke.1958.1@web.de

Klaus von Puttkamer

geb. 15.8.67 Frankfurt am Main. Lieblingsautoren zumeist Musiker, da Musik auch Sprache ist. Die Buchautoren würden den Rahmen sprengen, da es so viele gute davon gibt. Schreibt am liebsten Kurzgeschichten immer mit dem Versuch, „es auf den Punkt zu bringen". Den Ernst des Lebens vor Augen, immer auf der Suche nach Humor und Freude und Hoffnung, die einen da hindurch tragen. Oft ist diese Suche erfolgreich.

Gerd Wohlenberg

1957 als Ältester von Vieren in der Vitt bei Marne in Holstein geboren. Der Vater war Kriegsinvalide, die Mutter Flüchtling aus Pommern. Das erste Gedicht schrieb er mit neun oder zehn Jahren für seine Tante „Ann-Tant" aus Dahrenwurth, die ihn dazu ermunterte. Ausbildung als Spinner in einem Angora-Werk in

Heide. Viele Texte entstanden in der Zivildienstzeit
1979. Das Heft „Bin bei mein Willem bis Mitternacht –
Widerstand und Verfolgung im nationalsozialistischen
Meldorf" entstand in einem Selbstständigmachkurs
2010. Es wird zurzeit für eine Verlagsveröffentlichung
überarbeitet.

www.roterhusar.org

Cassandra Angelina Wulf
wurde 2005 geboren und lebt seither in Dithmarschen.
Das Verfassen von Kurzgeschichten, poetischen Texten
und Gedichten erwärmt seit 2015 ihr Herz, da sie seit
frühester Kindheit durch das Vorlesen ihrer Mutter
Bindung zur Literatur fassen konnte. Neben der Liebe
zum Lesen und zur Musik ist sie als Poetry-Slammerin
in Kiel und Neumünster tätig, liebt das Jonglieren mit
Worten und das Photographieren. Für 2024 plant sie
ihr Abitur, um Deutsch und Religion auf Lehramt studieren zu können.

Instagram-Profil: cassandras.feder